雪岭逐鹿：
爱尔兰传奇

邱方哲　著

Legends
from
Medieval
Ireland

漓江出版社

胭+砚
project

威利·波加尼（Willy Pogány）：密季尔与爱汀化为天鹅飞去

沃特豪斯（John William Waterhouse）：水之仙女温汀

瓦尔卡森斯（E. Wallcousins）：卢赫与达南神族对弈

米勒（H. R. Millar）：卢赫之矛

"INSTEAD OF THE FOUR CHILDREN, WHAT DID SHE BEHOLD?"
From "The Children of Lir."

熙克（Harry George Theaker）：伊娃把孩子变成天鹅

斯特拉顿（Helen Stratton）：蝶儿婕怀抱死去的尼舍

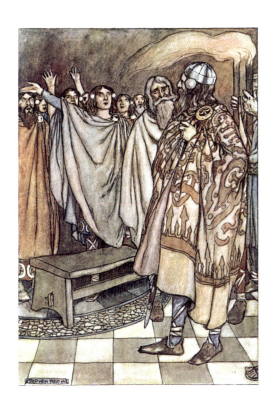

里德（Stephen Reid）：众豪杰在麦克达索的殿堂上

邓肯（John Duncan）：来自彼世的军队

金尼（Desmond Kinney）：库呼兰比武（浮雕）

林奇（Patrick Lynch）：来自彼世的女子

金尼（Desmond Kinney）：斯威尼的流浪（浮雕局部）

斯凯尔顿（Joseph Ratcliffe Skelton）：圣克伦基尔主教

里德（Stephen Reid）：图安眺望内梅斯的船队来临

里德（Stephen Reid）：弗格斯潜入湖底

里德（Stephen Reid）：圣帕特里克与凯尔彻对谈

里德（Stephen Reid）：哲尔默与格兰妮私奔

鲁尼（David Rooney）：古尔班山的野猪

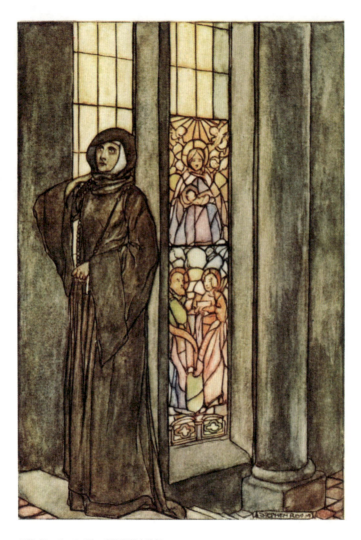

里德（Stephen Reid）：利娅妲独自徘徊

目录

前言

怎样讲好一个中世纪爱尔兰故事？

在提笔写作这本书之前，我琢磨了很久。这本书的雏形，是我为《城市画报》写的一系列专栏，每个月用两千字左右为读者讲述一个中世纪爱尔兰故事。专栏写作了十期便没有继续，而且也面临着一个问题：本来爱尔兰的故事篇幅就有长有短，短的像《康勒离世记》，原文不过数百字；长的如《疯子斯威尼》，散文夹诗体，光是爱尔兰语原文就是一本小书的规模，要用专栏的两千字长度去框定，不啻于削足适履。

但是我在翻译和重述这些故事的过程中得到了很多乐趣，也看到了把这件事做大做好的可能性。毕竟，在汉语出版物中讲述爱尔兰古代故事的为数寥寥，而其中能称得上准确的就更是凤毛麟角。多数爱尔兰故事都被放在所谓"凯尔特神话"的名目下，翻译自20世纪初"凯尔特复兴"时期通过浪漫主义想象再创作的英语选集。拙著《亲爱的老爱尔兰》一书中提到过这一时期重新发明"凯尔特爱尔兰人"这一概念与爱尔兰的民族独立运动密不可分，在文学上显现出来的就是过分强调爱尔兰古代的异教（"德鲁伊宗教"）、神秘特质，力求证明爱尔兰文化根植于与威尔士、高卢同源的凯尔特文化，与希腊—罗马文明以及当时的英国、法国文化截然不同，甚至毫无关系，从而为塑造"爱尔兰民族"提供依据。时过境迁，在21世纪的动漫、游戏和奇幻文学里，"凯尔特人"又为创作者提供了源源不断的想象素材。

一百多年过去了，今天科学上的进步已经让我们清楚认识到语言的亲属关系不能被轻易泛化到基因、外貌、历史、文化和心理上的关联——这种泛化正是种族主义的重要源头之一。即使没有专门阅读过相关研究，人们也可以在日常生活中切身体会：讲各种汉语方言的人群外貌、习俗和历史来源上千差万别，讲各种阿拉伯语方言、突厥语言的人群也是如此。无论是横向的泛突厥主义、大日耳曼主义，还是纵向把3世纪的罗马皇帝马尔库斯·尤利乌斯·菲利普看作阿拉伯人，其背后主要是政治想象和野心。爱尔兰语的确跟威尔士语、高卢语有着比和其他语言更近的亲属关系，但这并不能说明操古爱尔兰语的人从哪里来，也不能证明他们在中世纪的文化源自凯尔特文化。中世纪的爱尔兰故事，是一个或多个人群对特定的历史境遇和社会形态产生的回应和想象，加以普遍的创造力和偶发的天才，再经过漫长传承历史中一代代人审美趣味的过滤和纯粹的运气（躲避战火、虫蛀、遗忘、败家子）流传到我们手上的。它们是优美、幽默和深刻的文学作品，能够让我们管中窥豹，了解若干中世纪社会的面貌；它们丰富了我们对人类思想多样性的认识；但它们绝承担不起"远古神话""民族精神"和"文化复兴"的重任。

那么，中世纪爱尔兰故事到底是什么？

对中世纪之前的爱尔兰，因为它从未成为罗马帝国的一部分，我们只能从古典作家的地理志中窥得只鳞片羽。本土的文字记录仅有一种始于公元3世纪左右的欧甘文字（Ogham），留存下来的都是高度程式化的墓志铭石刻。随着基督教在公元5世纪开始传遍全岛，拉丁字母和书写技艺也一并传入，迅速取代了欧甘文字（与之相对，北欧的如尼文字则与拉丁字母并存发展）。至少从公元6世纪下半叶起，本土的知识阶层就已经发明出用拉丁字母拼写古爱尔兰语的正字法，从而开始铭刻人名、注释拉丁文本，甚至记录爱尔兰语的诗歌和文学。

现存最早包含爱尔兰语的手稿制作于公元7世纪，这也是爱尔兰文化的黄金时期，迎来了一次知识记录的大爆炸：数十部本土法律首次被编纂成集，精美的圣咏经、解经学著作、布道集行间和页边上写满了爱尔兰语的注释和评论，最早的文学手稿《雪岭集》（*Cín Dromma Snechtai*）问世并被迅速传抄……《雪岭集》今已不存，但传抄的部分仍在，从中我们可以看到后世流传广远、版本浩繁的几个著名故事，像《夺牛记》（*Táin Bó Cúailnge*）和《摧毁达德尔加之府邸》（*Togail Bruidne Da Derga*），在公元7世纪已经成型。

从这些最早的记录来看，至迟在7世纪末，古爱尔兰语已经是一种高度标准化的成熟文学语言。它的正字法在接下来的两百多年内都保持稳定；它似乎是一种超脱方言区别的标准文学语，随着时间推移，虽然显示出一定的语音和语法变化，但总体上非常稳定。书写的技巧不仅保存在基督教僧侣手中，也被一些本土知识分子例如诗人[1]和法学家掌握，但手稿的制作基本被教会和修道院所垄断。

因此中世纪早期的爱尔兰手稿可以说全部都是基督教文化的产物。那么这些手稿记载的文本在多大程度上反映了民间流传的故事？有多少是僧侣们的再创作或新创作？俗世阶层（国王、诗人、武士、农民）中流传的故事，又有多少传承自基督教之前的时代？中世纪爱尔兰对古典希腊罗马文学又有多少认识？对于这些问题，学界仍在争论不休。以下几个事实，或可说明这些问题的复杂性：

"圣徒生平"毫无疑问是僧侣阶层的作品，意在通过圣徒的奇迹和虔敬提供道德教化，并提升教会的地位。然而在圣徒生平中有不少不见于其他基督教地区的题材，或许是嫁接民间故事的结果。

"阿尔斯特故事群"（The Ulster Cycle）讲述了都城位于艾汶玛哈（Emain Macha）的阿尔斯特王国与其他王国争雄的故事，其中的英雄库呼兰（Cú Chulainn，意为"库兰

---

1 译自爱尔兰语的"fili"，但"fili"在文学中兼有诗人、术士和卜者之意，在现实中其主要职责则大致相当于诗人和学者。

之犬")最广为人知。故事的背景被放在公元初年，其中夸张滥杀的英雄主义和猎头、驾战车等习俗并不存在于中世纪的爱尔兰。难道这些是对铁器时代真实的记忆吗？

关于"彼岸世界"（Otherworld）的故事最具有异教风味，其中的仙丘、精灵、魔法等元素也成为后世想象神秘"凯尔特"的滥觞。然而在最著名的几个故事中，精灵对凡人作出的预言，明明讲的就是基督来临。

如此等等。

公元9世纪的维京人入侵和定居，给爱尔兰带来战乱和滋扰的同时，也引入了新的语言和文化。位于海岛和港口的富庶修道院经受劫掠后逐渐衰落，依附于领主的新知识阶层则悄悄崛起。维京人带来的技术和贸易网络让一些领主获得了前所未有的经济和军事力量，"全爱尔兰之王"不再只存在于传说之中，而是可以实现的美景。1002年，在击败了米斯王麦尔谢赫那之后，布莱恩·博鲁（Brian Boru）终于在真正意义上征服了爱尔兰全境。然而胜利只持续了短暂的时日，1014年，在跟都柏林的维京人的战斗末尾，博鲁被杀，爱尔兰再次四分五裂。爱尔兰人和维京人的爱恨情仇不仅在爱尔兰催生了像《盖尔人对维京人之战》（*Cogadh Gaedhil re nGallaibh*）这样的长篇，也在维京人的老家斯堪的纳维亚和冰岛留下了《尼雅萨迦》《奥克尼领主萨迦》等作品。

同一时期，爱尔兰的对外交流不再限于僧侣和朝圣者，外国来的器物和思想频繁出现于本土文学中，题材也变得更加多样。跟维京人在本土直接打的交道自不用说，爱尔兰人对更遥远的国度和文化也有了更多认识：公元9世纪在法兰克宫廷任职的约翰·爱留根纳（John Eriugena）精通希腊语；卡舍尔主教科尔马克（Cormac）编纂的词汇注释集里出现了许多不列颠语乃至希伯来语的词条；科尔多瓦皮鞋、威尔士骏马、东罗马的珠宝丝绸甚至宠物狗都开始在文学里出场。

从公元9世纪以降，古典文化在爱尔兰文学中的影响以更加直接的方式显现出来。文人们开始尝试把圣经、古典文学和本土传统整合到同一个年代表中，这种"综合主义"（syntheticism）的集大成者就是公元11世纪成书的《征服书纪》（*Lebor Gabála*）：爱尔兰人被赋予了特洛伊起源，曾跟埃涅阿斯一同航行；爱尔兰语来源于巴别塔倒塌后各种语言的精华；最后定居爱尔兰的人群则来自西班牙的西北角……这种"伪史"（pseudo-history）的早期形式在《〈伟大传统〉之序言》中可以看到，即把基督教在爱尔兰传播的传说和本土历史、法律传统有机地整合起来。公元9到12世纪还见证了一大批对古典文学的本土化再创作，例如基于《奥德修纪》部分情节的《尤利西斯漫游记》（*Merugud Ulix*），脱胎于斯塔提乌斯《底比斯战记》的《底比斯之倾覆》（*Togail na Tebe*），基于卢坎《法沙利亚》的《内战纪》（*In Cath Catharda*），等等。这些作品虽依托古典文学的情节和部分修辞，却基本上是根据爱尔兰语叙事传统进行的重述。

公元11到12世纪之间，富裕的主教和领主出资制作了为数众多的手稿，其中一部分流传至今。这些手稿比起中世纪早期的大部分手稿页面更大，页数更多，当然也就意味着使用更多的皮张和不菲的造价。这些手稿大都由职业的抄写员精心写就，内容也是预先安排好的，遵循一定的结构。令人惊喜的是，这些手稿的重点不再是宗教文献，而是本土的知识传统，除却"综合主义"的历史著作、谱系和法律之外，还包含了大量的叙事故事。诸如《棕牛之书》（*Lebor hUidre*，公元11世纪末）、《伦斯特之书》（*Book of Leinster*，公元12世纪）和索引号为"Rawlinson B 502"的牛津手稿（公元12世纪）是现存年代最早的爱尔兰语文学手稿，其中有的故事可能源自公元7世纪。产生于同一时期的还有一份所谓的"故事清单"，本为说明要获得大诗人的资格必须熟知的350个故事，按照不同的主题分成"劫掠""航行""幻象""私奔"等多个类别。这份清单给我们提供了一份极其珍贵的故事索引，让我们得以窥见爱尔兰文学当年的盛况。清单上大部分的故事现已无迹可寻，只有少部分流传至今，足可见我们现在所知的仅仅是当年最著名的故事中的一小部分。

有时候抄写员会在这些委任制作的手稿上留下自己的印迹，提示我们即使在当年，对待这些作品的态度也是极其多样化的。譬如在《伦斯特之书》上，一位刚抄写完长篇史诗《夺牛记》的抄写员先是用爱尔兰语写道：

"谁能按照这里所述准确无误地讲述夺牛记的故事，不添加任何字句，他必得到祝福。"

然而紧接着他就用拉丁语做了如下评论：

"但是，我虽然抄写了这段历史（historia），或者更准确地说传奇（fabula），可我并不相信这里面所述的所有事情。有的情节是魔鬼制造的幻觉，有的是诗人的修辞；有的可信，有的不可信，有的不过是供愚人取乐的说辞。"

不同的语言面对的是不同的读者：爱尔兰语为俗众使用

的语言，经过教育的人——包括诗人、法官和某些领主——都能看懂，而拉丁语和与之联系的古典学、解经学概念只有修道院出身的僧侣才能解读。把中古爱尔兰文学之冠的《夺牛记》称作"传奇"而不是"历史"，抄写员沿用了公元6世纪末塞维利亚主教、《词源大全》作者伊西多尔（Isidore of Seville）对叙事的分类法，亦即认为《夺牛记》（以及大部分爱尔兰语文学作品）并无权威记述可依，内容也不全能在逻辑上成立。这种批判的态度与他用爱尔兰语遵循本土文学传统作出的祝福语形成了有趣的对比。

诺曼征服（公元12世纪中叶）之后的爱尔兰文学格局又一次重新洗牌。修道院完全衰落了，欧洲大陆引入的新型天主教修会取代了它们的位置；书写职业和本土知识转移到世袭的学者家族手中，他们往往与各地的领主有着紧密的关系。爱尔兰语文学的创作者和听众不仅包括原本的爱尔兰人，新来的诺曼—不列颠贵族也很快变成了它的拥趸。在爱尔兰东部、南部诺曼—不列颠贵族统领的宫廷里，爱尔兰诗人被奉为座上宾，学校里对本土法学、历史和医学的教授和研究方兴未艾，连某些诺曼—不列颠贵族自己也积极参与到爱尔兰语诗歌的创作中。与之相对，这些新来者带来了法语、英语、铸币、税收、城堡、宫廷生活以及"风雅爱"[2]、罗曼司文学和叙事诗等新鲜事物，为爱尔兰语文学注入了充沛的新活力。

虽然公元12世纪后的爱尔兰语诗歌极大繁荣，抢去了现代读者和学界的主要关注，但这一时期的散文体叙事文学亦精彩纷呈。现存记载中世纪早期作品的手稿大都出自14至15世纪。除却对此前文学作品的传承和改编，还有一个新的主题异军突起，这就是有关库瓦尔之子芬（Find mac Cumail）和他的好汉团（fian）的故事群（fianaigecht）。有关芬的故事早在公元9世纪就已现端倪，但多是诗歌和评论中偶尔提及。公元12世纪左右出现的《故人奇谭》（*Agallamh na Senórach*）别出心裁地设计了圣帕特里克被芬手下的英雄带领游历爱尔兰全境的叙事框架，将地名、景观和芬故事群生动地结合在一起，此后被竞相传抄，甚至在18世纪经由苏格兰诗人麦克弗森的"莪相"诗歌风靡世界。芬、欧辛、凯尔彻、格兰妮、哲尔默等角色从此成为爱尔兰今日仍然家喻户晓的名字。芬的故事群不再像中世纪早期的叙事故事那样跟

---

2 即法语"amour courtois"，英语"courtly love"，指中世纪欧洲文学描述的一种在贵族、骑士阶层间流行的爱情观念，强调骑士精神和高贵品格，常常表现为骑士为了心爱的贵妇人出征历险的故事。

历史传统深度捆绑，而是往往设定在一个远离世事的时空；不再涉及王朝更替、族群兴衰，而是歌颂自然之美，带领读者一道投身于浪漫爱情和传奇冒险。芬故事群中的不少诗歌，今日被奉为爱尔兰"自然诗"的精品。这些特征也是对中世纪晚期爱尔兰本土王权衰微、欧洲大陆新审美观念兴起的反映。

17世纪的北部诸伯爵出逃及其后的克伦威尔战争敲响了爱尔兰本土贵族的丧钟，失去庇护人的爱尔兰语（盖尔，Gaelic）古典文化也随之走向末路。直到19世纪中期盖尔文化复兴运动的两百年间，爱尔兰语沦为穷苦农民、渔夫的语言，其地理和社会疆界不断退缩。大部分古代手稿要么毁于战火，要么因疏于照顾而破损佚失，仅有幸运的少部分被收藏家搜集而得到保存。爱尔兰语文学仅在乡里口耳之间尚有活跃的传承，它在中世纪的盛况则要等到现代学者重新发掘和解读古代手稿，才得以重见天日。

这本小书无法反映一千年来爱尔兰语文学的全貌。我排除了纯诗歌——那是另一本书的内容——也没有选那些更为"实用"的文学门类，例如格言集（wisdom texts）和文学评论，而是侧重于中世纪早期的叙事文学。我也排除了大部分"阿尔斯特故事群"的故事，因为它们已包括在曹波先生根据金塞拉（Thomas Kinsella）的选集译出的《夺牛记》之中，以及从古典作品衍生的爱尔兰语文本。然而，我认为一本好的中世纪爱尔兰文学选集仍然应该充分反映上面所说的来源、风格和思想上的复杂性，才能忠实于这一丰富多彩的文学传统。因此在文本的选择上，我倾向于收录尽可能多种的故事：有侧重于讲述"上古神灵"的传说，也有讽刺当代教士阶层的作品；有来自法律的"案例"，也有夹在诸王谱系中出于政治需要的宣传；有来自公元7世纪《雪岭集》的古爱尔兰语文本，也有14世纪的早期现代爱尔兰语浪漫故事。

我想把这些爱尔兰传奇故事以尽可能贴近它们原本面貌的方式讲述出来，因此在底本的选择上，我只用现代学者根据中世纪手稿编辑而成的文本，并以中古爱尔兰语原文为优先，学者的现代语言翻译和注释（现代爱尔兰语、英语、德语）仅作参考（文献目录见附录）。比之其他根据英语底本的译文，这个版本至少在语句意义和名字的音译上更加准确，我也希望附录里的人名、地名译名对照表能为以后的爱尔兰语文学翻译确立标准。

回到最初的问题上，怎样才能讲好这些故事呢？我尝试过完全按原文语句直译，可是效果并不理想。且不论故事中的概念、社会背景和价值观对现代汉语读者来说比较陌生，爱尔兰古代故事的创作意图和美学取向也不一定容易消化——大部分（尤其是中世纪中晚期）的故事都夹杂着许多诗歌，这在当时伴随音乐口头演讲故事的背景下，是必要的内容，但这些诗歌极大地增加了故事的篇幅，翻译的难度也很大。不少故事同时有保存地名知识、解释词源的目的，不时会偏离故事主线，探讨一个冷僻地名的来源，而这些地名对爱尔兰以外的读者来说可能并没有意义。还有的文学修辞手段需要大量铺垫才能理解，例如《摧毁达德尔加之府邸》后面一半篇幅几乎全由多幅画卷速写式的"瞭望者对话"构成，每一幅恒定由描述府邸中的一位或几位客人、表明其身份、解释其背景和一些其他固定语句组成。这一手法在《伊利亚特》和世界其他文学传统中亦有体现，在这个故事里则起到转变叙述视角、嵌入与传统的互文、变换叙事节奏、一步步加重危机感和悲剧感等多重效果。但是对于初次读这个故事的汉语读者来说，必定会显得拖沓重复。最后还有连贯性的问题。有的故事前后细节并不相符，开头介绍的人物到后面就变了名字；前文有两次相遇，后文却说有三次；等等。这些不一致有时候是因为文本传承中出现了断裂，段落被遗漏或替换，甚至是因为文本本身就是由不同版本拼凑而成。然而普遍来说，古代故事并不特别重视前后一致性，尤其是那些口头起源的或是用以口头表演的故事。对于依赖印刷文本并且会重复深入阅读多次的现代读者来说，这些不一致的地方会显得尤为刺眼，因此一定程度的合理化改写也是必须的。

这些叙事故事从中世纪早期到晚期的不同改写版本给了我一个重要启迪：传承和改变本就是爱尔兰语文学中一对同等关键的概念。再著名的故事，例如《夺牛记》，在传承过程中也会一而再再而三地顺应不同时代的语言、审美和目的，被改写成至少三个颇为不同的版本。那我为什么不能通过改写来保持爱尔兰传奇的韵味呢？也许我能在保持原作的主旨、传达其意图、模仿其风格的同时，撷取其中重要的情节，加以汉语文学传统中与之相配的遣词造句，让人物的对话更符合其身份在汉语中的讲话习惯。

例如，在《帝王堡大屠杀》中，我保持了王后的惊呼在爱尔兰语中的原意，因为这一描述对情节发展至关重要。

汉语中虽没有相似的说法，读者却能轻易明白："你女儿现在的呼吸已经不再是处女的声音了！那是情人离去之后的叹息啊！"与之相对，拉弗里对此的回答从爱尔兰语可直译为："我一人的毁灭已经足够了（is leór mo mudugud m'oenur）！"我将它翻译为汉语习语"好汉一人做事一人当！"总而言之，我将自己想象为一个说书人，每当拿捏不准的时候，我总会问自己："那些公元11世纪爱尔兰的说书人，他们在讲述特洛伊战争的时候会怎么做呢？"

这种翻译或者重述策略是否成功，留待读者自己去判断。如果您觉得这里面的故事能吸引您读下去，并且让您对中世纪爱尔兰的社会和思想有了一个直观的了解的话，那我讲故事的目的就达到了，请您不吝赏赐一头红耳白牛、一件新亚麻衬衫和一件带别针的羊毛外套。

追求爱汀

Tochmarc Étaíne

讲述古代爱尔兰文学史的书籍，一般都会把所谓的"神话故事群"（Mythological Cycle）作为开端。在一般人的认知中，神话肯定是一个文学传统中最古老、最原始的篇章。可是文学的发展传承并不一定是线性的从神话到史诗再到英雄传说和历史，正如社会也不会单纯地按照从原始到奴隶再到封建的教条演进。神话作为对世界基本秩序的艺术性想象和演绎，可能在文学史的任何时刻发生。在爱尔兰，被划入"神话故事群"，讲述远古诸神开天辟地的故事，并不在最早被记录的文学篇章之列。《追求爱汀》的故事背景虽然是充斥着魔法的上古诸神时代，其中的情节却是任何时代、地域的人们都能理解的：欲望、诡计、嫉妒和爱情。这些让人或捧腹或动容的情感，正是我们共通的人性。

很久以前，有一个名叫达格答的神灵，他看上了住在波茵河谷仙丘里的女神艾瑟妮[1]，然而艾瑟妮忌惮丈夫埃克瓦尔，不敢答应。因此达格答把埃克瓦尔遭到外地去一天，同时对他施展魔法，让他感觉不到饥渴，也察觉不了时间流逝。如此达格答和艾瑟妮便纵情厮混，居然一晃过了九个月，瓜熟蒂落，生下了儿子昂格斯。毫不知情的埃克瓦尔以为才过了一天，回到了家。达格答悄悄地把儿子带到另一个神灵密季尔的居所，让他代为抚养。密季尔家里还养着一大群神灵的孩子，然而昂

1　又有一说艾瑟妮其实就是爱尔兰的母亲河——波茵河的化身。

格斯总是最出色、最得宠的那个。一天，昂格斯和同伴吵架，对方骂他是没爹没娘的野种。昂格斯哭着找到养父，密季尔于是带他去认亲。达格答承认了他，并授计让他去夺取埃克瓦尔的领地。昂格斯按着嘱咐去到波茵河谷，伏击绑架了埃克瓦尔，威胁说如果他不答应让昂格斯拥有他的领地"一日一夜"，就会立马撕票。埃克瓦尔只好应允。然而第二天当埃克瓦尔前往取回自己的领地时，昂格斯却说当初对方答应的是"日与夜"，只要世界仍是日夜相继，他就拥有这片领地。埃克瓦尔不知达格答才是一切的始作俑者，还去向他申诉，达格答自然裁决昂格斯胜诉，不过同时也赠给埃克瓦尔另一块领地作为补偿，于是纷争平息下来。

密季尔去看望养子，却不慎被昂格斯麾下的武士刺伤眼睛。他要求昂格斯帮他迎娶全爱尔兰最美的少女——阿尔斯特国王的女儿爱汀作为赔偿。昂格斯到阿尔斯特登门求婚，国王却犯了难。他说："你的家世如此显赫，又这么神通广大，万一你让我的女儿蒙羞，我一介凡人怎样才能向你追偿呢？"[2]"这样吧，"昂格斯说，"提出你的要求，我全部帮你实现，就当是彩礼。"于是国王要求他清理森林和荒野，

---

2 爱尔兰人总是很讲究契约公平的。

把它们变为十二片牧场；开挖通向大海的十二条河流，排干沼泽成良田；支付与爱汀等重的金银。借助父亲达格答的力量，昂格斯顺利完成了任务，为密季尔娶来了爱汀。

密季尔带着新娘回到家，等着他的却是妒火冲天的原配福安娜赫[3]。不甘丈夫另结新欢的福安娜赫趁密季尔不留神，施展魔法把爱汀变成了一滩水，然后逃之夭夭。水汽蒸发后，出现了一只紫蝴蝶，她的歌声和扑翅比一切琴瑟都要动听，她的双眼如宝石熠熠生辉，她的香气使人忘却饥渴，她翅上的露珠能治百病。伤心的密季尔没有再娶，而是把蝴蝶带在身边片刻不离，每晚在她的注视下入眠。

福安娜赫得知后，又施诡计，使一阵狂风把蝴蝶吹到空中。飘荡七年之后蝴蝶才落在一棵树上，却因虚弱不堪掉进正在树下宴饮的一位贵妇金杯中。贵妇连着酒喝下后便怀了孕，生下一女，便是爱汀再世。密季尔和昂格斯一路追踪福安娜赫，亲手砍下她的头颅为爱汀报仇。

再世的爱汀又出落成一位绝世美女，嫁给了爱尔兰国王艾西德。艾西德有一个弟弟阿里尔，他自从在节日庆典上见过爱汀，就再也无法把目光从她身上移开。阿里尔在名誉和

---

3 按照爱尔兰的习惯法，男子是可以多妻的。

熊熊爱火之间苦苦煎熬，不敢跟爱汀说一句话，变得形销骨立，奄奄一息。终于有一天，国王外出巡视，爱汀来照顾病床上的阿里尔，他才敢向爱汀袒露自己的病因。爱汀出于怜悯，答应与他幽会三次。然而每次到了幽会的时间，阿里尔都会因睡着而错过；与此同时，一个与阿里尔长得一模一样的男子却来与爱汀幽会。爱汀生疑，质问他是谁。原来这是密季尔寻到她再世之地，化作阿里尔的模样来会她。密季尔一五一十向她托出他俩前世的情缘，求她与他私奔，爱汀回答说除非国王亲口答应让她跟密季尔走，否则她不会损害国王的名誉擅自离去。

一日，密季尔来到王宫求见，要与国王赛棋。正好国王也嗜棋，两人便摆开棋盘鏖战。第一次的赌注是五十匹罕见的骏马，密季尔输了，次日早晨就如约奉上，国王对他的重诺大加赞赏。第二次的赌注是更多的奇珍异宝，第三次是开辟平原、筑桥修路，密季尔都全数兑现。岂知他只是故意输棋，更大的算盘在后面。第四次密季尔赢了，他要求国王也遵守承诺。"你要的赌注是什么呢？"国王问。"我要爱汀的一个拥抱和一个亲吻。"国王沉默了好一会，不情愿地答应一个月后兑现。

一个月后到了会面的那天，国王布下重兵，想把密季尔挡在宫外，然而密季尔突然出现在中庭，仿佛是信步踱进来的。他当着众人的面提醒国王遵守承诺，国王碍于名誉只好请出爱汀。密季尔用手臂环住爱汀，突然，在众目睽睽下，两人变成了一双洁白的天鹅，破空高飞而去。

国王丢尽了面子，恼羞成怒，派人去把密季尔居住的山丘掘了个底朝天。密季尔带着五十位与爱汀一般模样的女子出来求情，说国王只要能从中把真正的爱汀选出来，便可以将她带回家。国王记得爱汀最擅长侍酒，就挑出其中侍酒最好的一位，欢天喜地回宫去了。谁知他又被密季尔耍了一把。若干时日后他才发现，爱汀被密季尔带走时已怀有身孕，生下一个女儿，而他带回家同床共枕的居然是自己的女儿。国王羞愧难当，命令把自己和女儿乱伦生下的孩子扔到野外，可是仆人一时心软，把女婴交给了牛倌抚养，这名女婴是为另一个故事里命途多舛的国王康纳里的母亲。"追求爱汀"的故事到此则告一段落。

摧毁达德尔加之府邸

Togail Bruidne Da Derga

这个故事可看作《追求爱汀》的续篇，但关于爱汀身世、婚姻和结局的情节又和《追求爱汀》不同。康纳里国王被仙丘神灵推上王座，却又触犯后者所设的禁忌，最终身死，这一情节在公元7世纪流传下来的故事摘要里已有反映。到了公元9世纪左右，一位不知名的文人根据包括《追求爱汀》等多种材料重写了康纳里的故事。这个新版本包含了许多隽永的精彩段落，成为爱尔兰文学史上的经典篇章。例如对爱汀美貌和黑女人恶相的细致描绘；作者也大胆揉合了本土文学传统中禁忌、彼世、梦卜等主题和可能源自希腊罗马文学的视角变换和"瞭望者对话"等技巧，将叙事节奏把握得恰到好处，让读者不自觉地代入康纳里的视角，营造出一种步步紧逼、无处可逃的宿命感。不仅如此，作者通过康纳里面临的两难问题，提出了深刻的政治哲学问题：什么样的社会才是一个良好的人类社会？康纳里尝试维持一个没有争执、物资丰富、没有犯罪的社会，最后却崩溃了；这时候原本支持他建立乌托邦式美好社会的力量，却反过来席卷破坏了一切。

（上）

从前，爱尔兰有一位著名的国王，名叫埃胡费兹列赫。一天，他策马经过布里勒的仙丘，看见一位女子正在凭井梳妆。她手握一把鎏金装饰的银梳，面前是一把银壶，壶的四边连着四只栩栩如生的金鸟儿，壶边上镶满了闪耀的宝石。她身披一袭用轻柔如云的羊毛织成的绯红斗篷，用白银别针系住，内里是一件带兜帽的长袍，看起来是用结实顺滑的绿丝绸混杂金线织就，胸前和肩膀上别着数枚金银打造的动物形状胸针。阳光照耀在她身上时，金子在绿丝绸的衬托下闪着橙红的光泽。她的金发编成两条长辫，每条辫子有四股，末端结成一个圆发髻。人们见到了她的头发，都会赞叹说像夏日盛开的鸢尾花，或是新磨亮的玫瑰金。

那女子在井边解开了她的发辫准备梳洗，她的双手在长袍的脖颈处若隐若现。那双手腕好似积了一夜的新雪般洁白，她妩媚光洁的脸颊像毛地黄的花朵一样鲜艳，眉弯是黑甲虫的颜色，口中的牙齿如珠落玉盘。她的眼睛是风信子蓝，嘴唇如安息皮料[1]般鲜红。她的双肩线条柔和而不缺挺拔，手指细长洁白。她的腰身纤细婉约，柔如羊毛，白如海浪的泡沫。她的大腿结实温润，膝盖浑圆小巧，小腿挺直白嫩，脚跟精致可爱。即使仔细打量她的双脚，也找不出一点缺陷。她高贵的脸庞散发出月亮的光芒，柔和的双眉间有骄傲的光彩，然而她的一双眼睛里分明有勾人魂魄的神采。她的脸颊上是两个盛满欢笑的酒窝，如新雪般耀眼的脸上还有红如牛血的雀斑。她的声音里充满了女性的高贵，步态坚定优雅，仿如王后。她是世上所有女子中最美丽、最风雅、最完美的，她就是爱汀。人们都以为她来自仙丘，并且说："在爱汀面前，一切美貌都黯然失色。"

---

1 安息帝国（公元前 247—公元 224 年）大致位于现伊朗、阿富汗一带。其主体民族又称帕提亚（Parthian）人，在希腊罗马传统中因其精湛的箭术和染成鲜红的皮具闻名。"安息皮料"（拉丁文"parthica pellis"）因此成为一种鲜艳红色的代名词，即古爱尔兰语的"partaing"。

国王的心中顿时燃起了爱的熊熊烈火，于是他派遣使者快马上前去请爱汀留步。国王向她问好，介绍了自己的身份后就单刀直入地问道："能邀请你与我共度良宵吗？""我正是为此原因而来。"爱汀回答道。"你从哪里来，又要到哪里去呢？"国王问。"这不难，"爱汀回答，"我是来自仙丘的国王埃达尔之女爱汀。自从在仙丘出生，我已经度过了二十年。仙丘的王公贵族都想娶我为妻，可是他们都铩羽而归，因为我自从记事开始，听说了你的故事和英姿，就深深地爱上了你。我没有见过你，但从故事里的描述，我可以认出你。我只想拥有你。"

"确实，"国王说，"你从远方而来，追求的可不是虚假的爱人。欢迎你，如果你希望的话，我只会爱你一人，永远不变心。""先给我聘礼，然后我们再圆房。""没问题。"国王说，于是他给了她七个库瓦尔[2]的聘礼。

后来，埃胡费兹列赫去世了。

又过了若干时日，阿尔斯特的国王科尔马克休掉了王后，也就是埃胡的女儿，因为她吃了母亲爱汀给她做的一碗

---

2 库瓦尔（cumal）的原意是女奴，也用作衡量金钱的单位。

粥后，除了一个女儿，再也没能生下孩子。科尔马克想要杀掉被他抛弃的王后所生的这个女儿。他让两个侍从把她扔到荒郊的坑里埋掉。可是正当这两个人准备把小女孩扔到坑里时，她对着他们甜甜地笑了，于是怜悯占了上风，他们改了主意，把小女孩交给塔拉之王艾泽斯加勒手下的牛倌抚养。小女孩慢慢长大了，出落成一位出色的绣娘，全爱尔兰没有一位公主的美貌比得上她。她的养父母害怕她的美丽会招来灾祸，便建了一座无门的小屋供她居住，只开了一扇天窗。艾泽斯加勒的手下留意到这座奇怪的屋子，也发现牛倌每日往里面送饭，顿起好奇之心，爬到屋顶上往里面窥视。

这一看了不得，原来屋里是一位出众的美女。手下赶紧上报了国王，国王下令派出人马去推倒房屋，把这女孩强抢回来。原来国王膝下并无子嗣，而有预言说一位身世不明的女子将会给他生下继承人。

兵马还在途中，当晚这位名叫梅斯布哈拉[3]的女孩却看见一只鸟从天窗飞进来，褪下了羽衣，站在屋子中间变成一位翩翩美男。男子抱住她说："明天国王的军队就要来摧毁你的房屋，把你强抢去做新娘。但今晚我俩共度良宵后，你会

---

3 意为"牛倌的养女"。

生下一子，叫作康纳里。他将成为了不起的国王，但是有一条切切不可触犯：他不能伤害鸟类。"

国王把梅斯带回宫里，许给她七个库瓦尔的聘礼，又给她的养父母七个库瓦尔，擢升他们为贵族。九个月后，梅斯诞下一子，取名叫康纳里。梅斯坚持让国王把康纳里放到三处轮流抚养：梅斯的养父母处、梅斯自己身边和一户名叫曼尼的人家。于是康纳里就在这三处长大，身边总是陪伴着三个要好的养兄弟：菲尔莱、菲尔噶和菲尔洛安。这三个孩子都是绿林好汉堂德萨的儿子，而堂德萨对康纳里视为己出，悉心照料。

康纳里有三项与生俱来的特长：顺风耳、千里眼和做决断。他教给自己的三个养兄弟每人各一项特长。这四人亲若手足，总是一同吃饭睡觉，有任何东西都是大家平分，四人的服饰、武器、马匹也都是同一个颜色。

后来，艾泽斯加勒国王去世了，人们聚在一起举行杀牤宴仪式以决定继任王位者。一头牤牛被牵出来，宰杀做成肉汤；一位预言者喝汤吃肉后，沉沉睡去，其他人在周围对着他念起寻找真相的咒语。预言者在梦中所见之人，就是未来的国王；要是他说谎，就会立刻倒地而死。这一次，预言者在梦中看到一个赤裸的男人于日出时分沿路走向塔拉，肩背一架弹弓，一颗石弹已经上膛。

稍早时分，康纳里和他的三个养兄弟正在利菲河边驾车游玩，康纳里的养父母来找他们，叫他们去看杀牲宴。康纳里说："我一会儿就跟来。"他跟车夫继续驾车前行，到了利菲河口的浅滩。他看见河滩上有一群白斑点的大鸟，身形之巨、颜色之奇前所未见。他令车夫紧追这群大鸟，然而奇怪的是，直到马匹都已经疲累不堪，鸟群还是一直在他们身前，不远不近，只隔一箭之地。见马不能再前行，康纳里便拿起弹弓徒步继续追逐。他来到海边，看见鸟群落在波涛之上，就将弹弓上膛准备发射。忽然群鸟褪下了羽衣，化作一干手执长矛利剑的武士，转眼就把康纳里团团围在中间。千钧一发之际，鸟人中的一员走向前来护住康纳里，对他说："我是涅夫格兰[4]，你父亲所属的鸟族首领。你被禁止伤害鸟类，因为按照你的出身，鸟类皆为你的亲戚。""之前怎么没有人告诉过我？"康纳里赧颜道。"今晚你该动身去塔拉，"涅夫格兰说，"那里会举行杀牲宴，你只要一丝不挂，于日出时分沿路走向塔拉，肩上背着弹弓，就会成为国王。"

---

4 这名字既可理解为"光洁"，亦可解作"不洁"。

康纳里依言照做。在通向塔拉的四条大路上各有三位贵族手执衣物翘首以待。康纳里走来的路上正好是他的养父母在看守，他们大喜过望，将衣物给康纳里穿上，让他坐进一驾马车，前往塔拉接受群臣朝拜。可是康纳里甫一露面，便引来众人议论纷纷。有人说："杀牯宴和真理之咒是不是出错了？怎么会召来一个胡须都没长齐的毛头小子？"康纳里回答说："只要国王慷慨、正直，年轻又有何妨？再说了，我的父亲和祖父都曾在塔拉接受人质。[5]""奇迹中的奇迹！"众人齐声说。于是他们授予他爱尔兰的王位，而康纳里则说："我事事都会先请教智者的意见，好让自己变得明智。"

康纳里这些言行均是由那鸟人授意。那人说：

"你按鸟族旨意，治下必为盛世，但是有几项禁忌你千万不可违反：

"你不可顺时针绕行塔拉，或逆时针绕行布雷加平原；

"你不可狩猎科尔涅的野兽；

"每逢第九夜，你不可离开塔拉；

---

5 在古代爱尔兰传统中，国王要从臣服的部族中间获取人质，以保证他们的忠诚。接受人质因此成为获取王权的同义词。

"日落之后，你不可在能从外面看见火光的住宅内过夜；

"你在去德尔加[6]家的路上，不可让三位德尔加[7]越到你前头；

"日落之后，你不可允许独个男人或女人进你的家；

"你不可居中斡旋你两个属臣之间的争端。"

康纳里谨记教诲，小心行事，果然治下风调雨顺，和平丰饶：每年六月七艘船只都能直达科尔普色河口带来货物，每个秋天橡果都堆到膝深，布阿斯河和波茵河年年渔获满满，而且国内太平无事，邻里之间没有争端，旁人的声音听起来都像竖琴般甜美。从开春到中秋，微风连牛尾都不曾吹动，更不要说雷电风暴。

唯一不满的人大概只有康纳里的养兄弟。他们不满于在一片和平繁荣中没有办法再操起父亲和祖父的营生——盗窃抢劫、杀人放火。每一年他们都去骚扰同一位农夫，从他那里偷走一口猪和一头牛，好试探探康纳里会否惩罚他们。农夫每年都跑到康纳里那里申冤，而康纳里每次只会回答："盗贼是堂德萨的三个儿子，你该去找他们算账。"然而一

---

6 意为"红色"。

7 "红衣客"。

旦农夫去找他们讲理，就会被对方殴打威胁，农夫又不愿回去向国王投诉，以免激怒国王。

久而久之，堂德萨的三个儿子愈加狂妄恣肆，他们召集了一批贵族子弟，到处去抢劫[8]。他们有一百五十人，正在康纳赫特偷盗的时候被一个猪倌看见，猪倌召来当地民众，依靠人多势众把这帮小流氓给捆了起来，带到国王面前受审。

康纳里起初做的判决是："每个罪犯由他的父亲亲手处死，而我的养兄弟得到赦免。""也罢，也罢。"众人虽觉不公，但鉴于康纳里的统治一向完美，也就接受了。可是康纳里马上自感不妥，改口说："这样的判决只能折我的阳寿。这样吧，不处死这帮强盗了，改成流放不列颠，让他们去祸害苏格兰。"

事情就这么成了。盗贼们被流放到海上，在那里他们碰到了不列颠国王的儿子，"单眼"因盖尔。双方一拍即合，定下了盟约：爱尔兰人跟着因盖尔到不列颠去劫掠，作为回报，他们将一起回归爱尔兰烧杀抢掠，好让因盖尔也分得一杯羹。

---

8 按照传统，年轻男子在成家立业、继承田地之前要离家过一段时间的自由生活，多数组成小团体流浪狩猎，即好汉团，游离于定居社会之外。

因盖尔先尽地主之谊，趁他自己的父母和七个兄弟在宫殿里欢宴的时候，带着爱尔兰人冲进去把他们杀了个精光。然后这批强盗登船渡海，准备在康纳里的王国里同样大肆破坏。

（下）

像我们讲过的，康纳里治下的爱尔兰和平安详，但北芒斯特有两位属臣因为一点小事起了争端，直到康纳里介入斡旋才得以解决。这样一来他触犯了禁忌，可是康纳里为了维护和平别无他法。他在每个属臣家里住了五个晚上，这又触犯了另一项禁忌。

解决了争端之后，康纳里经过米斯郡的伊什涅赫，看见四方都有骚乱和火光，全副武装和一丝不挂的人们四处奔跑，奥尼尔家族的领地上空笼罩着一团烟雾。"这是怎么回事？"康纳里问。"烽烟四起，意味着法律已经崩坏。"他的手下回答。于是他们顺时针绕过了塔拉，又逆时针绕过了布雷加平原，路上，康纳里无意猎杀了科尔涅的野兽，直到检点猎获的时候才发现。康纳里的禁忌就这么接二连三被触犯了。

恐惧笼罩了康纳里，这时候他只能走库阿鲁之路，沿着爱尔兰的南部海岸回家。他问随从："今晚我们能在哪里过夜呢？"大将麦克切赫特挖苦道："康纳里，以前大家都争着要招待你吃住，现在我们怎么沦落到连一家客店都找不到？""世间自有公道，"康纳里回答，"在这个地区我的确有一位友人，只是我不知道去他家的路。""那是谁？"麦克切赫特问。"伦斯特的达德尔加[1]。他曾经来到我跟前索求赠礼，而我也没有让他空手而归。我送给他一百头母牛、一百件精织斗篷、一百口灰猪、一百件兵器、十枚镀金胸针、十瓮美酒、十匹枣红马、十个奴仆、十匹种马、二十七条全部纯白皮毛用银链拴住的猎犬、一百匹比野鹿还要迅疾的良驹。我慷慨赠予，并不要求任何回报，而且要是他再来，我还会给他更多。今晚要是我们不能在他家接受款待，那就真的奇怪了。"

---

1 意为"红神"。

"我知道那所宅院，"麦克切赫特说，"我们现在走的大路正穿过他家中间。那宅院有七处入口，每两处入口之间有七间卧室。七处入口只有一处设了门，挡住吹进来的风，其余都完全敞开迎接宾客。尽管我们有大队人马，他家要容下也绰绰有余。那么我就先去通报一声，为你生好火。"

康纳里一干人马沿着库阿鲁之路前行，前方突然出现了三位骑士，往同样的方向驰去。他们身披红斗篷，穿着红袍子，手执红色盾牌长矛，胯下三匹血红马，头上红发迎风飘扬。从人到马，从牙齿到鞋袜，无一不是红色。"前方是谁？"康纳里问，"我有一项禁忌，在去德尔加家[2]的路上，不可让三位红衣客越到前头。谁代我上前询问？""我去。"康纳里的儿子莱费弗拉斯答道。

莱费弗拉斯策马向前，可是无论怎么追，三位红衣客总在他前面一箭之地，不远不近。他向红衣客呼喊，告诉他们不该骑在国王前头，可是他们丝毫没减慢速度，其中一位还吟了一首诗："瞧啊，年轻人！客店来的讯息，船行之路，兵器闪烁，大难临头。杀戮的血红网络已经织就，披在美丽女郎的头上。看哪！"

---

2 达德尔加的名字里含有"德尔加"。康纳里这时才意识到触犯了禁忌。

莱费弗拉斯无奈，只好回转向父亲禀告。康纳里吩咐他再去追，这次许给他们六头牸牛、六口腌猪，并且在宫里奉他们为座上宾，只要他们不再走在国王前头。莱费弗拉斯又去追红衣客，结果还是赶不上，对方不仅毫不理睬康纳里开出的条件，还又吟了一首不祥的诗歌：

"瞧啊，年轻人，这沉重的消息！我们骑着仙丘来的马匹，尽管我们还活着，我们也已经死去。宏大的预兆！斫断寿命，乌鸦欢宴，杀声震耳，刀斧相击，日落映照在破碎的盾牌上。看哪！"

人们听到这样的预言，都沉默不语。浓重的恐怖弥散在整支队伍中。"我的禁忌今夜几乎全都被触犯了，"康纳里喟叹道，"大概是因为我流放了我的养兄弟。"

康纳里一行继续前进，这时前头来了一个怪人，只有一眼、一手、一腿。他的短发如猬刺，要是往他头上倒一筐苹果，没有一个会落地。要是往他的鼻孔扔一根树枝，它会长在里面。他的双腿细长如车辐，屁股看上去就好像两轮奶酪插在竹竿上。他手里拿着一支铁叉，背上背着一只在不停哀嚎的焦黑的猪。他身后跟着一个高大、黝黑、阴沉、巨嘴的女人，鼻子硕大无比，下唇直坠到膝盖。

独腿人蹦到康纳里面前问好道："亲爱的康纳里，你好啊！我早就知道你会经过这里了。""您是哪位？"康纳里又惊又怕。"在下林中男，我给你带了一口猪，免得你晚上挨饿。你是世上最好的国王。""请问女士芳名？""奶子里。"男人答道。"任何一天都欢迎您来拜访，"康纳里说，"可是今晚实在不方便。""那可不行，好康纳里，我等你那么久，为的就是今晚。"那人说。

不等康纳里应答，那怪人就背着不停嚎叫的猪，和他的女人一起朝着达德尔加的宅邸走去。

这时候，爱尔兰流放的强盗们正带着不列颠的王孙因盖尔和艾盖尔登陆布雷加的海岸。因盖尔是个凶残可怖的角色，光是外貌就叫人不寒而栗。他的脸盘中央是一只黑漆漆大如牛的独眼，里面有三个瞳孔。虽然爱尔兰的强盗们跟他结了伙，他们却同样畏惧因盖尔。"现在，谁去刺探岸上的情况？"因盖尔问道，"我需要有千里眼、顺风耳和做决断能力的勇士。"

康纳里的养兄弟们自然是最佳的人选。他们一行九人先行上岸，登上艾达角[3]侦查。"嘘！"一人说，"我听到了国

---

3 即豪斯（Howth），都柏林东北一半岛。

王的马蹄声。"另一人说："我用千里眼看到一群强壮、高贵、敏锐、好战、细腰的马，它们奔过的大地都被隆隆蹄声震颤。它们背上有闪光的长矛，象牙柄的刀剑贴在膝边，银盾挂在肩上，红白各半的服饰排列成行。一百五十匹灰色战马，窄首、红颈、尖耳、宽蹄、鼻孔大张、胸膛发红、汗蒸如雨、驯良灵敏，每匹背上都有彩绘珐琅的马鞍。我以我族人发的誓言起誓，这是一位威名赫赫的领主的马队。以我的判断，不是他人，正是艾泽斯加勒之子康纳里经过大路。"

强盗们扬起船帆，往弗尔芬滩头前进。正要登陆的时候，麦克切赫特刚好在达德尔加的府邸里燃起炉火，火焰的噼啪声让强盗们吃了一惊，赶紧撤回海上。"嘘！"因盖尔问菲尔洛安，"这是怎么回事？""我也不清楚，"菲尔洛安回答，"要么是艾汶玛哈的讥讽诗人因为食物被拿走正在击掌咒骂，要么是塔拉的卢赫东在尖叫，要么是麦克切赫特正在为爱尔兰国王燃起炉火。当他在房子中央点火时，每一点火星都足以烤焦一百头牛和一口猪。"

"神灵保佑今晚不要让我们碰到国王。"堂德萨的儿子们齐声说，"否则就是一场悲剧！"因盖尔却反驳说："再怎么悲剧，也不会惨过我带你们在不列颠进行的劫掠！除非国王亲自莅临，否则什么劫掠我都不会满意。"

强盗们以一百五十条船登陆，其喧嚣把达德尔加家里所有的兵器都震倒在地上。"这是怎么回事？"康纳里身边的人问他。"我也不清楚。"康纳里说，"要么是大地震，要么是围绕世界的利维坦甩尾，要么是堂德萨儿子们的船只靠岸。可惜他们今晚不在。他们是我亲爱的养兄弟和可爱的年轻人，我们没有理由惧怕他们。"

康纳里一众在达德尔加的大厅里围炉而坐，连同那三个红衣客以及一对黝黑的怪夫妇。达德尔加领着一百五十家丁亲自出来迎接："欢迎你，亲爱的康纳里，无论你带多少人来，我都会尽力招待。"

正当众人准备吃晚饭时，门口来了一个女人求见。这时已经过了日落时分，接待单个女人又是康纳里的一项禁忌。她的双腿像一对漆黑的梭子般细长，耻毛拖到膝盖，嘴巴歪在脑袋一边，身披一件破烂的斗篷。她一边肩膀抵住门柱，用一只恶毒的眼睛把众人扫视一番。国王发问："女人，你这样瞧我们，难道你是预言者吗？""没错，我看见你们的命运：没有一个人能逃脱这座房子，除了鸟儿叼走的部分。"

"你想要干什么？"康纳里问。"我要进来得到款待。""这会触犯我的禁忌，"康纳里说，"我给你一头牛，一口猪，你能去别处投宿吗？""难道国王连一张床一口饭也不能赐给一个女人？国王的好客和荣誉何在？""这个回答真是阴险，"康纳里无奈道，"也罢，禁忌都已经触犯了，就让她进来吧。"无人接口，因为巨大的恐惧感攫住了每个人的身心，但大家都不明白为何如此。

强盗们已经沿河而上，到了山边。康纳里在达德尔加家里燃起的火光，远远就能看见。因盖尔又询问爱尔兰来的强盗这是什么，他们告诉他这只能是国王的军队。因盖尔坚持说只有摧毁爱尔兰国王的军队，才能够抵得上他带着强盗们在不列颠杀掉自己父母兄弟的惨烈。强盗们在山脚垒了一个石堆，[4]商议怎样进攻达德尔加的府邸。

因盖尔自告奋勇前去刺探，潜行在康纳里一行的马车轮子后面，透过府邸的七个入口窥视里面的状况。每观察完一个入口，他就回到石堆把敌情描述给强盗里的爱尔兰人听，爱尔兰人则一五一十将每个好汉的名字、事迹和强项解释给他听。

---

4 关于石堆的意义尚有争论。在一些故事中，强盗或好汉会树立起石堆以纪念他们进行的劫掠或杀戮，但这里的石堆建立在进行劫掠之前。

康纳里的养兄弟们越听，越想起康纳里对他们的好处，手足之情慢慢占了上风。他们愈发不情愿攻打达德尔加的府邸，就把康纳里手下的兵将愈加描述得神勇无敌，以期吓退因盖尔，使其转而劫掠其他目标。然而因盖尔铁了心一定要干一件大案，越是听到对方厉害，就越是跃跃欲试。康纳里的养兄弟们心下悲戚，因盖尔觉察到他们不情愿，就反复提醒他们盟约里说好了，不列颠和爱尔兰要遭受对等的劫掠。事已至此，覆水难收。

　　强盗们清点完毕，发出一声呐喊，全向达德尔加的府邸冲来。"那是什么声响？"康纳里问。"是强盗包围了府邸。"他手下的武士康诺尔说。强盗里领头冲锋的是"浪子"罗姆尼，他刚冲进来就被守门人斩掉了脑袋。他的脑袋三次被扔进宅子，又三次被踢出来，正如他自己预言过的。

　　康纳里拿到武器之前，就已经徒手干掉了六百个强盗。府邸被点燃三次，火又被三次扑灭。之后康纳里拿到了武器，一下就干掉了六百人，强盗们暂时被击退了。"我告诉过你，只要康纳里在，我们就不可能打赢。"菲尔洛安对因盖尔说。"他气数将尽了。"强盗之中的巫师说，"我给他下了焦渴咒。"

果然，鏖战正酣的康纳里冲进府邸，大叫道："麦克切赫特，快给我水！"麦克切赫特答道："我发誓保护你的安全，为你抵挡千军万马眼都还不眨一下，但是取水是你侍从的工作，叫他们去拿呀！"康纳里转向侍从，可是他们找不到一滴水，所有水在救火时都用尽了。康纳里无奈之下又去找麦克切赫特："求求你给我水吧，哪怕敌人杀到身旁我也不在乎了，因为我马上就要渴死了。"麦克切赫特吩咐其他武士保护好国王，一手夹起王子莱费弗拉斯，一手执起一口大的足以装下一头牛的金杯，冲出了府邸。

　　在入口，麦克切赫特用一根铁门闩一扫，就击倒了对方九个武士；他在身周舞起剑花，杀出一条通路来。日出之前他跑遍了爱尔兰的大小河流湖泊，可是没有一条河或一座湖有水。最后只有一座小湖嘉拉迪愿意给他装水。麦克切赫特一刻也不耽搁，举起金杯跑回达德尔加的府邸。

　　他刚跑到门前，就看见两个人正在砍下康纳里的头颅。麦克切赫特怒吼一声，挥剑砍倒其中一个，另一个却带着头颅逃跑了。麦克切赫特拾起脚边一座石柱，直掷向逃跑者，把他砸成了肉泥。他赶上拾起康纳里的头颅，把迟来的清水倒进他嘴里。康纳里的头颅睁开了眼睛，说道："好样的，麦克切赫特！"就再也没有了气息。

麦克切赫特追杀残兵，把剩下的强盗几乎杀了个干净。五千人的团伙里，除了因盖尔和他的两个兄弟，连个报信的都没有留下。麦克切赫特自己也负伤累累，倒在战场上爬不起来了。迷迷糊糊中他躺了三天，终于看到有个女人经过。"好女人，请留步。"他喊道。"我可不敢，你的样子太可怕了。"那女人说。"我已经不能伤害任何人了，我以名誉起誓。"女人走近了一点。"我不知道是什么在舔咬我的伤口，是苍蝇还是蚂蚁？""天哪，"那女人惊叫道，"是一匹狼在咬你的腐肉！""诸神在上，"麦克切赫特说，"我还以为是只小苍蝇呢。"说完他就死了。

这就是在达德尔加的府邸上，众人畅饮死亡之酒的故事。

图雷原野之战

Cath Maige Tuired

没有人知道神话从何而来。是先有那些名字如熊熊火焰的巨灵开天辟地、驰骋厮杀的故事，还是先有人在树丛里、山石上、瀑布边为他们献牲，向他们祈祷？是上古英雄变成了神灵，还是后人为神灵编撰历史？幽暗林莽下火光反映的形影，开阔天幕上卷云相搏的奇景，怎样成了神话的血肉？我们只知道神话从未死去。它们潜伏在体内深处，像米诺斯的牛头怪兽，如果我们捏紧恐惧或希望的细线一步步追溯，最终会在心灵迷宫的某个拐角与神话不期而遇。

这或许解释了为什么有时诸神已逝，神话却顽强地留驻在人们的意识中，改头换面流传下来。《图雷原野之战》约成书于公元9世纪，自爱尔兰全面改奉基督教已经过了三四百年，然而其中描写的上古人物不仅各怀神力，而且名字和神通跟千年之前其他凯尔特民族信奉的神祇一一契合：善战多艺的卢赫（Lug）是高卢的战争与技艺之神"Lugus"，"银手"努阿杜（Nuadu）是罗马不列颠的"Nodons"，发明文字的奥格玛（Ogma）

或是高卢人崇拜的言语之神"Ogmios"。中世纪的爱尔兰人没听说过高卢人的宗教，也没有崇拜其中任何一个神祇，甚至大概不再记得祖先曾有过的信仰。《图雷原野之战》是神话，却不是对原始信仰的全盘照搬；毋宁说，它是以古代传说为蓝本的当代神话，就像《指环王》和《权力的游戏》有诸多中古传奇的元素，却是不折不扣的现代神话。

话说达南神族战胜了原本盘踞爱尔兰的口袋族人（Fir Bolg），后者溃逃到达南族的老对手佛莫里人处避难。在先前的战事中达南族的国王努阿杜失去了一只手臂，而按照传统，身体有缺陷的人是不能担任国王的，于是达南族一致推举埃拉瑟之子，英俊年轻的布雷斯[1]为王。布雷斯的母亲是达南族的爱琉[2]，父亲是佛莫里人的国王，因而达南族也有向佛莫里示好以求缔结和平之意。

---

1 意为"美貌"。

2 意为"爱尔兰"。

然而布雷斯的胳膊肘始终还是向外拐。布雷斯在位期间，佛莫里国王要向达南族征收赋税，布雷斯居然应许了。沉重的赋税使得达南族人几乎全部沦为饿殍；他将达南族战功赫赫的英雄好汉们差遣去做低三下四的服侍工作，还克扣他们的口粮。

　　于是达南族人揭竿而起，逼布雷斯交出王位，努阿杜接上了用银子打造的手臂，重掌大权。布雷斯逃到他父亲那里，向他借兵教训这群不听话的达南人。埃拉瑟教训他说："如果你没有用公正赢得疆土，就不应该用不公正去强取。"然而她还是派了手下大将巴洛尔、因德赫和一支舰队帮助儿子重夺王位。

　　这支大军浩浩荡荡，船只从苏格兰一直排到爱尔兰，达南族人从来没有应付过这架势。翌日，努阿杜正在王都塔拉设宴誓师，城门上的守卫望见一位年轻英俊的武士率众前来。守卫喝问："谁在那里？"

　　"我乃奇恩之子，外号'全能'的卢赫。"武士答道。

　　"你会什么技艺？我们只欢迎身怀绝技者进入塔拉。"守卫问。

　　"尽管问我，"卢赫回答，"我是一名石匠。"

"我们不需要你，"守卫说，"我们已经有一名石匠了。"

"尽管问我，"卢赫回答，"我是一名琴师。"

"我们不需要你，"守卫说，"我们已经有一名琴师了。"

如此往复，卢赫说明自己是战士、铁匠、诗人、巫师、医师、侍酒，守卫一一回答说塔拉已经有相应人才。最后卢赫说："去问问你的国王，他手下有没有人身兼所有这些技艺？"

守卫去报，国王遣人与他对弈，让大力士奥格玛跟他比赛扔巨石，卢赫全部胜出。他弹起催眠曲，所有人便堕入沉睡直至翌日；他弹起哀乐，所有人便止不住号哭悲叹；他弹起喜乐，众人便欢欣鼓舞。

努阿杜见此人身怀诸般绝技，想到他或可率达南族完成解放大业，于是主动禅让，卢赫成了达南族新的领袖。

卢赫甫一上任，便召集手下干将达格答、奥格玛，铁匠格弗纽，医师迪安科赫特共商抗敌大计。接着他又召来全爱尔兰的巫师和匠人，挨个询问他们有何可用的法术。玛斯根说他能指挥十二座大山震动，将佛莫里人的要塞统统震塌；侍酒说他能让十二座湖泊和十二条河流全部变干，无论佛莫里人怎样口渴，都不能从中取一瓢饮，而达南族则可尽情饮用；菲戈尔说他会使天降火球，消磨佛莫里人的勇气和武艺，让他们的人和马匹便溺不出，而达南族人则愈战愈勇，永不疲倦。

达格答这时发话："你们鼓吹的法术，我一个人全都能做到！""你真不愧叫达格答[3]！"众人欢呼。

达格答的居所在北方爱丁谷。萨温节[4]即将来临，他于大战前最后一次回家。途经榉树河时，他瞥见一位女子正在沐浴，她一脚踏在河北岸，一脚踏在河南岸，九缕长发披散在肩头。这是莫里甘[5]，达格答顿生色心，与她云雨一番。之后，她告诉达格答佛莫里人将在何处登陆，并吩咐他将爱尔兰的巫师和匠人召集来见她。她将摧毁佛莫里大将因德赫，亲手取他的心血和肾脏。她高举双手，果然汩汩鲜血从她拳中源源不断流下。众人皆叹服于此强大的预兆，必胜之心油然而生。

萨温节前夜，达南族共十八万名兵将誓师开拔。卢赫遣达格答先行刺探佛莫里人的动向，并尽可能拖延对方行军。

---

3 "Dagda"，意为"好神"。

4 11月1日。

5 "Morrígain"，意为"恐怖女王"。

达格答竟然大剌剌走进佛莫里人的营地，向他们要求暂且休战。佛莫里人存心刁难他，听说他爱喝肉粥，就拖出全军炊事用的一口大锅，倒进八十加仑的鲜奶，同样多的麦子和黄油，扔进整只猪羊，煮成一大锅粥。他们把粥倒进地上的一个大坑里，告诉达格答如果他全部喝完，就答应休战；哪怕是剩下一滴，就砍掉他的头。

达格答望了眼那个坑，只见那坑大得可容一双夫妇并肩而躺，里面飘着的"肉渣"是半只猪和脑袋大小的板油。好个达格答眼也不眨，只说"希望味道跟分量一样好"，就把坑里的粥一口吞下，他的肚腹立马涨如大鼎，他旋即倒下昏睡，惹得周围的佛莫里人哄堂大笑。

达格答夜闯敌营喝下一大鼎粥汤陷入昏睡，直至第二天拖着沉重的肚腩离去。他那副尊容让人不忍直视：他的兜帽直坠到手肘，斗篷却遮不住屁股，硕大的阳具显露在外，几乎拖到地面，脚上一双翻毛马皮鞋。走到半路他遇见一位年轻漂亮的女子，心生邪念，却无奈肚腹仍然巨大，行不成事。姑娘把他大肆嘲笑一番，还将达格答摔倒在地。

达格答惊奇地问："姑娘究竟是谁，为何要阻我行路？"

那女子答道："我是佛莫里大将因德赫之女，此来是为了让你把我抬回家。"说完，她跳到达格答肚上，使劲地击打，让他肚里的一鼎粥汤全数化为秽物泻撒出来。达格答恢复了气力，轻轻一提就把她扛起，脚前头后放在肩上，裙袂掀起，暴露无遗。好色如达格答怎能放过这个机会，两人当即成其好事。

正如胶似漆之时，女子听说达格答正要率领达南族与佛莫里人开战，便央求他不要赴战，达格答哪里肯听。她只好无奈应允在双方鏖战时，会反过来使用魔法对付自己父亲的军队，助达南族一臂之力。

佛莫里大军登陆爱尔兰，达南人厉兵秣马，双方驻扎在图雷平原上，大战一触即发。卢赫点起兵来，挨个鼓舞他们各尽其能，施展技艺法术。达南族人受压迫已久，面临大军压境不但没有畏惧，反而同仇敌忾，士气高涨。

按照惯例，在国王和贵族全面投入前线厮杀之前，两军每日都有小规模的接触战。很快佛莫里人就发现自己处于劣势：他们的刀剑枪矛每日用钝后总是来不及磨锋利就又得上战场；他们的武士倒下之后，就再也没有起来。相比之下，达南人明显更胜一筹：他们的武器每日用钝后，经过铁匠格弗纽一夜的打磨，第二天又锋利如昔，因为格弗纽只需研磨三下就能修复锋刃。木匠卢赫塔只需砍削三下，就做出坚实的矛柄连带装好矛头，怎样戳刺都不会脱落。铆匠克雷兹涅也是只需敲打三下，就做出耐用的铆钉。

更厉害的是医师迪安科赫特带着他的两个儿子，对一口名为"复元"的井施了咒语。在战斗中死去的武士在这井水里泡上一晚，第二天早晨就又精神抖擞地活过来，如此一来，达南族的兵员总不见减损。而佛莫里的大军则迅速地被消耗掉了。

佛莫里人见形势不好，派出了一名刺客去暗杀铁匠格弗纽。这刺客是布雷斯和达格答女儿生的儿子，也算是半个达南族人，因此轻易就混进了达南族的营地。他假意让格弗纽给他打造一根长矛，矛一到手他就径直刺向格弗纽。铁匠没有防备，被扎成重伤，然而他天生神力，反手一拔，甚至不曾把矛头指向刺客，就这么用矛柄一下捅死了凶手。铁匠忍痛挨到井边，在里面泡了半晌就复原了。

佛莫里人这下看清了要害原来在这口魔井，仗也不打了，每人捡拾石块，趁黑突袭水井，往里面投石直至堆起一座山包。达南族失去了续命神器，只好狠下心来倾巢出动，正式发动大战。佛莫里人拿出他们的看家本领，组成坚固的铁甲方阵，无论首领或士兵，人人全副披挂，举盾挎剑，聚在一处真是水泼不进，矛刺不穿。用爱尔兰的谚语来说，进攻这样一支军队就是"以头击墙"，或者说"伸手入蛇穴"或者"以脸试火"。

达南族这方也是人强马壮，精兵悍将。九位最勇武的将领簇拥着卢赫，以免这位足智多谋的国王遭受到什么危险。然而战事一起，卢赫一纵缰绳，驾着马拉战车就身先士卒冲入了敌方战阵，一边还大声呼吁达南人为反抗暴政而战，就算为自由捐躯也胜于在枷锁下苟活。达南人听了，齐声发出惊天动地的呐喊，个个如猛虎下山直扑敌军，双方马上杀成一团，昏天黑地。

多少爱尔兰的健壮儿郎沉入死亡的深渊！骄傲与耻辱、暴怒与狂纵笼罩着战场。人声马嘶、盾牌相撞、刀剑互鏖、长矛呼啸，交织成一场惊心动魄的雷暴。互相砍杀的人们指尖几乎相接；鲜血把土地浸得湿滑，不停有人失足倒下，头颅被砍。矛柄饱饮了热血，映在人们杀得火红的双眼里。好一幅地狱景象！

努阿杜倒下了，女神玛哈也命丧当场，而这厢卢赫终于跟敌方大将"毒眼"巴洛尔会面。巴洛尔身长八尺，膂力惊人，但他最厉害的是一只能发射毒光的眼睛。这只眼睛平时不张开，只有在战场上由四条大汉协力才能撑起眼皮；一旦张开，对方哪怕有千军万马，一旦被巴洛尔的目光触及，都会变得筋骨酥软，失魂落魄，任人宰割。这毒光自有来历：想当年巴洛尔父亲手下的一名巫师正在秘室里熬制毒药，年少的巴洛尔好奇心盛，偷偷从天窗往下张望，殊不知毒药挥发出的毒气正好冉冉上升，把他的一只眼睛熏成了毒眼。

巴洛尔面对卢赫叫道："来人啊，把我的眼皮撑开，让老子看看到底是哪个黄毛小子敢在这里聒噪！"巴洛尔的眼皮甫一张开，卢赫便不失时机射出一石，正中毒眼，这一击之力把整只眼打到了脑后，刚好对准了佛莫里军团。巴洛尔轰然仰天倒下，直接压死了二十七个佛莫里兵士，他钢锤般的脑壳正砸中因德赫的胸口，后者喷出一口鲜血，眼见也是活不成了。

佛莫里军失了主将，溃退到海边，眼见无路可逃，副将"半绿"洛贺向卢赫求和。洛贺应允从今往后爱尔兰将永远免于佛莫里人滋扰，而佛莫里人将遵循卢赫的任何裁定。议和甫定，就有人扭送来了罪魁祸首——被废黜的国王布雷斯。布雷斯求道："如果饶我一命，爱尔兰的乳牛产奶将源源不绝。"卢赫手下智者反唇相讥:"就算你有办法催使它们产奶,你也无力掌控它们成熟下犊。"布雷斯又求道:"我能让你们每季都有一次收成。"智者答:"春耕夏熟,秋收冬藏,本是自然之理,为何要改?"卢赫这时说:"若你能教会达南人播种收割的方法,就饶你不死。"布雷斯把佛莫里人农产丰饶的秘诀倾囊以授,终得以活命。从此爱尔兰五谷丰登,六畜兴旺。是乃图雷原野之战始末。

李尔的子女们之死

Oidheadh Chlainne Lir

莎士比亚写作《李尔王》的时候，大概是借鉴了爱尔兰和威尔士的民间传说。李尔一名（爱尔兰语"Ler"，威尔士语"Llyr"）原意为"海洋"，源自基督教传入前的海神之名。海神李尔之子曼纳南（Mannanán）在公元7世纪的故事里已经出现，被描绘成驾驭海马拖拽的战车疾驶在开满花朵的海底平原上。这个故事里的李尔虽不是海神，却也并非凡人，而是生活在神话时代一座仙丘里的神灵。

一日诸神推举首领，李尔落败，愤而离席。新当选的国王鲍德武为了笼络他，提出把自己的三个才貌出众的养女之一嫁给李尔。李尔挑选了最年长贤淑的爱芙，并欣然与鲍德武握手言和。爱芙为李尔生下两对双胞胎，长女芬诺拉，次子埃斯，以及费赫拉与孔恩。不幸的是爱芙在第二次生产时难产身亡，于是鲍德武再次提出把一个养女嫁给李尔，以延续他们之间的联盟。这次李尔选了二女儿伊娃。全国上下都把这四个玲珑可爱的孩子视为珍宝，李尔更是千般宠爱他们，连睡觉时都要把四个孩子搂在身边。

伊娃一开始还能出于姐妹之情疼惜四个孩子，可是久而久之，妒嫉便占了上风。李尔和他的子女们形影不离，却很少理睬伊娃，所以她也没法为他再添儿女。人们总是谈论逝去的爱芙，以及孩子们的不幸身世，只把伊娃视作替代品。妒嫉的利矢时刻刺痛着伊娃的心，她在无数个难眠的夜晚酝酿出了一套毒计。

终于有一天，伊娃命人套马驾车，声称带上孩子们去探望鲍德武。半路上伊娃命令下人杀掉四个孩子，然而任她出再高价钱，也无人愿意听从。于是她在湖边停下，赶孩子们下水游泳，用魔法把他们变成了四只洁白美丽的天鹅，并诅咒他们在达尔布雷赫湖上、爱尔兰海上和大西洋上各游荡三百年，直到九百年后康纳赫特王子莱尔戈嫩和芒斯特公主蒂奥赫结婚，魔法才能解除。

话刚出口，伊娃就心软了。这些孩子毕竟是她的亲外甥。然而施下的诅咒不能撤回，伊娃只能保留他们人类的心智和语言，并赋予他们无与伦比的歌喉。接着伊娃便去往鲍德武的仙丘。鲍德武询问为何李尔的子女没有同来，伊娃便撒谎说因为李尔不信任鲍德武，不愿让他的子女离家。鲍德武自然生疑，暗中遣使者往李尔处一问，谎言就此揭穿。李尔心知儿女已遭不测，连忙奔赴鲍德武处，路上经过湖畔，听见四只天鹅用人类的语言歌唱，便上前探询。天鹅把继母如何设计陷害一一道来，并告诉李尔他们的诅咒只有到九百年后才能解除。李尔一众人听得，不禁悲号三声，响彻云霄！[1]

李尔和鲍德武联手报复伊娃，把她变成了最为可怖凄惨的游魂，她至今仍在世间游荡，不得安生。此后三百年，李尔和鲍德武终日宿营湖畔与天鹅为伴，听他们娓娓道来人世的一切悲欢，在他们的美妙歌声里入睡。可是光阴移转，三百年已满，天鹅们被迫从宁静的湖面迁移到位于爱尔兰和苏格兰之间的莫伊尔海峡。天鹅们告别了亲人，在阴冷荒凉的海上流浪，在莫伊尔海峡的第一晚就碰上了风暴。他们被巨浪不停地抛掷腾转，被洋流撕扯鞭笞，最终失散。幸好他们约定了在海豹岩岬上会合，芬诺拉伸开湿透的羽翼，把三个弟弟紧紧围在身旁，试图寻回一丝温暖。最小的孔恩被风浪和寒冷惊吓，已经说不出话来。

这只是第一夜，还有三百年的折磨在前头等着他们。冬天到来，海水冰封，他们在海岬上过冬。夜里的寒风如此强

---

1 从彼时直至今日，爱尔兰人感伤于李尔子女们的遭遇，再也不猎食天鹅。

劲，以至于早上他们的翅膀都被冻在了岩石上，想要挣脱，就会生生扯下脚掌的皮、胸口的羽毛和翅膀的尖端。海水不停蜇疼他们的伤口，风雪浸透了他们的灵魂，然而他们无法遮蔽，无处可逃。

一晃又三百年，李尔的儿女们启程飞向第三个地点，大西洋上的爱立施岛。那里的风浪更高，寒冷更甚，又是日复一日的苦痛孤单，不再详叙。终于三百年满，他们不再为咒语所拘，只是未能恢复人形。他们马上动身前往李尔的仙丘，幼时的家园。可是哪里还有亲人的踪影！野草淹没了荒颓的残壁，荨麻长成了树林，人烟俱灭，时间的洪流连神灵也无法抵挡。姐弟们抱头痛哭，次日动身飞到鸟族群居的格鲁累岛生活。

他们又在那里度过了漫长的岁月，直到基督教降临爱尔兰。姐弟们听见圣徒莫奎沃格传道的铃铛声，意识到终于有机会摆脱这持久的诅咒。他们用美妙的歌喉齐声唱起天主颂歌，圣徒和僧众惊奇万分，把他们请到修道院里安居，倾听他们不幸的遭遇。姐弟们从此免于风餐露宿。

这时候康纳赫特的王子正好是莱尔戈嫩，他娶了芒斯特公主蒂奥赫为妻。蒂奥赫听说修道院里四只天鹅的神奇故事，艳羡不已，跟丈夫说"要不给我弄来那些天鹅，要不我就回娘家"。莱尔戈嫩向莫奎沃格请求不得，怒上心头直接伸手就抢。可是他的手一碰到那些鸟儿，它们身上的羽毛就纷纷脱落，脖颈回缩，脚蹼分开，不一会儿，站在他面前的只剩下四个皮包骨头、秃顶瘪嘴的老人。他们面无血色，老朽不堪，看起来承受了比凡人多百倍的岁月风霜。

王子吓得连滚带爬逃走了。芬诺拉颤抖着请求圣徒为他们施洗。圣徒撒了圣水，刚划完十字，四位老人就倒地化成了飞灰，仿佛他们九百年前就已经死去。至此，李尔的儿女们最终得到了解脱。这就是李尔的子女们之死的故事。

罗南弑子

Fingal Rónáin

不像爱汀跟密季尔经历千年爱恋化作天鹅飞去，这个故事没有半点魔法，却更富于悲剧色彩。虽然女性在爱尔兰文学中的地位不高，甚至像这位王后一样从头到尾都没有名字，却有许多敢爱敢恨、坚毅果断的形象。

从前，伦斯特省有一位大名鼎鼎的国王罗南，他的妻子是德西王的女儿艾瑟妮。她生了一个儿子取名麦勒。麦勒的风采享誉全省，他是所有少女们的梦中情人。后来艾瑟妮去世了，罗南很久都没有再娶妻。

　　"有人告诉我，"罗南说，"北方邓色弗里克的国王有一个可爱的女儿。""轻佻的少女可不是你的好伴侣！"他儿子说，"为什么不娶一位稳重的女人？"

　　但罗南心意已定，亲自到北方迎娶那个女孩回家。麦勒热烈地欢迎了她。"你会得到众人的爱戴，"麦勒说，"我们的一切财富和珍宝都属于你，因为罗南爱你。"她回答："我很高兴你这样为我着想。"

她有一个漂亮的侍女，她派这个女孩去勾引麦勒，但是侍女太胆小了，一见到麦勒就不敢说话，生怕触怒了麦勒。王后威胁她：要是不肯开口，就别想保住脑袋。有一天，麦勒跟他的养兄弟唐和康噶尔在下棋，侍女也跟他们对弈，她几次想说话，却不敢开口，脸憋得通红。几兄弟注意到了她的异样，麦勒拂袖而去。康噶尔问侍女："你到底想说什么？""王后让我转告，她想让麦勒当她的情人。""别说了，"康噶尔说，"如果麦勒听见，会把你杀了的。不过如果你同意，我倒是可以代你转告他。"

侍女回去告诉了王后。"不错，"她吩咐，"你要去跟他睡觉，这样你就能帮我把他弄到手。"事情就这样成了，侍女做了麦勒的陪寝。"怎么迟迟没有消息？"王后质问，"现在你不听我的命令了，自己霸占着麦勒是不是！你不想活了？"侍女回来跪在麦勒面前痛哭。"怎么回事？"他问。"王后威胁说如果我不帮她安排跟你幽会，就要杀掉我。"

"原来如此，"他说，"听着，就算我被扔进烈火三遍，烧成无数灰烬，我也不会动罗南的妻子一根指头。如今这样，我只好躲开她了。"于是他和五十个勇士一起流亡到苏格兰。

整个伦斯特省都谴责罗南："是你把麦勒赶走的吗？要是麦勒回不来，我们就把你处死。"麦勒听说此事，又赶回了爱尔兰。他在邓色弗里克登陆，国王艾西德前来欢迎。"你没娶我的女儿实在是太糟了，"艾西德说，"本来我是把她给你，而不是那个老鬼的！""你怎么不早说！"麦勒也很无奈。

他回到伦斯特，维护了社会稳定，仍跟王后的侍女同寝。"给我你的男人！"王后又威胁侍女，"否则我就杀了你！"侍女转告了麦勒。"我该怎么办，康噶尔？"麦勒问。

"你明早出门去，"康噶尔出计，"到'伊娃的牛群'[1]那儿去打猎。"

"你去那里狩猎，让侍女告诉她的女主人来幽会，我会把她打发走。"康噶尔说。

"就这么办。"王后听了侍女的汇报后说。她等不及到早上，清晨就和侍女出发去幽会地点。她们半路却碰见了康噶尔。

---

1 "伊娃的牛群"是山边的一堆岩石，它们从远处看来很像一群白牛坐落在山坡上。

"你这个荡妇去哪？"他说，"你没什么理由单独出门，除非是为了私会男人。回家去！"一会儿他又见她们过来了。康噶尔喝道："你这个婊子，如果我再见到你，就砍下你的头，钉在柱子上。背着国王跟小子幽会的荡妇活该被扔进沟渠！"他举起马鞭把她赶回家里。她恨恨地诅咒："我要让你口染鲜血！"

罗南回来的时候，麦勒仍在外面打猎。

"康噶尔，麦勒哪去了？"国王问。

"我耳朵都快听聋了！整天只知道谈论你的儿子！"王后抱怨。

"谈论我儿子有什么不对，"国王说，"整个爱尔兰都没有一个儿子比他对父亲更忠心耿耿了。""他只想和我私通。我再也忍不了了。这个早上康噶尔三次要把我强行带给他，我拼命挣扎才逃脱了。"罗南斥道："你撒谎！""好，我现在就证明给你看，"她说，"我要作半节诗，你看看是否接得上他作的。"

麦勒以前每晚在宫殿里都这样娱乐大家，自己先作半节诗，让王后续上。

麦勒进来在火边把脚烤干。因为天气很冷，麦勒吟道：

> 迎着寒冷旋风，
> 他在坡上牧牛。

她接上：

> 没有母牛，没有情人，
> 放牧也是枉然。

也就是说，麦勒没有带着牛，可见他说的牧牛不过是幽会的借口。

"那么这就是真的了。"罗南说。

他身旁刚好有一名勇士埃旦。罗南命令："埃旦，给麦勒一矛！"正当麦勒背朝他们烤火之时，埃旦猛一掷，矛头穿透了他，把他钉在座椅上。康噶尔刚想站起来，埃旦又掷出一矛，穿透了他的心脏。

"够了！别再胡作非为，埃旦！"麦勒动弹不得，忍痛说道。

"你真够胆子呀，"罗南说，"不找别的女人，偏偏来勾引我的夫人！"

"这是一个悲惨的骗局，罗南，你被骗了，"他说，"枉杀了你的独子。以你的尊严和我要去赴的死亡之约起誓，说我想和她睡就像说我想和我母亲睡一样荒唐。但是她自从来到这里之后就一直在引诱我，今天，康噶尔就三次把她赶走，不让她接近我。你错杀康噶尔了。"随后两人都死了。罗南在儿子的枕畔守了整整三天三夜，终于悲恸而亡。

麦勒的养兄弟们疾驰到邓色弗里克，杀了王后的父母兄弟作为报复，把他们的头颅带回来，扔进王后的怀里。她站起来，一言不发，把一柄利刃插进心口，透背而死。

这就是罗南弑子的故事。

伍士流诸子流亡记

Longes mac nUislenn

在爱尔兰，听过《伍士流诸子流亡记》这个故事的古爱尔兰语名字的人可能并不多，但要是提起悲剧的女主人公蝶儿婕（Deirdre），那可是无人不晓。这个故事始见于公元9世纪左右，在15世纪又被改编成《伍士流诸子之死》（Oidheadh Chlainne Uisnigh），非但在民间流传超过千年，而且还常见于各种爱尔兰古代文学选集，甚至"蝶儿婕"也成了爱尔兰女孩常用的名字。它何以有如此长久的魅力？

话说一日，阿尔斯特的英雄好汉们齐聚在费里米的家中饮酒作乐。这费里米是国王孔赫沃尔的御用故事歌手，且为人慷慨好客，他的妻子也不输豪爽，怀着身孕还亲自为宾客斟酒。直至夜深，众人离席歇息。费里米的妻子正要就寝，忽然她腹中的胎儿发出一阵尖啸，响彻整栋房屋。众人从梦中惊醒，推搡着出来看个究竟。国王的预言官卡斯瓦德预言道，这胎儿将会出落成绝世美女，但她的美貌将会引众豪杰竞相折腰，从而展开恶斗，最后血流成河。

　　此言既出，众人都声称应把刚出生的婴儿溺死，然而好色的国王孔赫沃尔决定寻一处秘密所在抚养这女孩，好让她将来成为他的小妾。于是女婴被交给一对老夫妇，避开世人耳目逐渐长成一位少女。她的名字叫蝶儿婕。

一天，蝶儿婕的养父在雪地里宰杀一头小牛，她看见有乌鸦随即被血迹吸引，下来寻些残羹。蝶儿婕芳心萌动，对养母叹道："要是有一个男子身上有这三种色彩，该多美妙！他的头发该如鸦羽乌黑，脸颊如鲜血绯红，身躯如初雪洁白。"多嘴的养母说："那有何难，附近就有一名这样的男子，伍士流的儿子尼舍。""那么我会生活在相思之苦中，"姑娘说，"直至我见到他。"

这尼舍有两个兄弟，三人都武艺出众，是一等一的猎户。尼舍更是拥有美妙的歌喉，据说母牛要是听了他唱歌，甚至会多产一倍的奶。这天尼舍正独自从蝶儿婕屋外唱着歌经过，蝶儿婕悄悄溜出来，佯装无意地走过他面前。

尼舍说了一句："多可爱一头小母牛！"

蝶儿婕回敬道："公牛不常出没的地方，母牛胆儿就大了。"

尼舍心下诧异，打量着她说："可是你已经有全王国的头牛，孔赫沃尔国王了呀。"

蝶儿婕鼓起勇气回答："要我选的话，我倒宁愿要像你一样健壮的小公牛。"

"可是预言你也是知道的，我可不能那么干。""那你就是拒绝我咯？"没等尼舍反应过来，蝶儿婕已经跳到他背上，揪着他耳朵说："你要是不肯跟我私奔，我就让这双耳朵的主人从此蒙羞！"

尼舍的兄弟闻讯而来，商议说："尽管卡斯瓦德的预言极为凶险，可堂堂男子汉怎能为女子不齿！事到如今，我们只好带上她远遁避难了。"于是他们带上蝶儿婕和随从连夜逃离。国王得知蝶儿婕与人私奔，自然是震怒不已，四处派兵追杀他们。兄弟几个只好辗转奔波，最终渡海到了苏格兰，投奔苏格兰王麾下当佣兵。为了不让蝶儿婕的美貌再引起什么风波，他们建了高墙大院，把蝶儿婕藏在里面。

然而一天，苏格兰王的管家偶然经过他们家，瞥见了蝶儿婕。管家旋即向主子进谗，说看见了一位能配得上国王的绝世佳人，建议国王把尼舍杀掉，将蝶儿婕据为己有。苏格兰王倒还有点节操，只是让管家去向蝶儿婕示好，试图劝她嫁给国王。可是蝶儿婕对尼舍忠贞不二，把国王的企图原原本本告诉了尼舍。苏格兰王总是派尼舍三兄弟前去进行最危险的任务，每次打仗都派他们打头阵，希望哪天尼舍战死了，蝶儿婕能回心转意。奈何三兄弟天生神勇，总能毫发无损归来。苏格兰王见计不成，终于准备痛下杀手。蝶儿婕感觉到事态不妙，提醒了尼舍，他们又再次出逃，在一个荒岛上落脚。

消息传到爱尔兰，阿尔斯特豪杰们纷纷进谏，要求孔赫沃尔原谅他们，让他们回家。孔赫沃尔假意宽恕，派了老将弗格斯、弗格斯的儿子们和杜夫萨赫作担保人去迎接尼舍一行回乡，背地里却另有安排。待尼舍一行回到了爱尔兰，正在去王都的路上，孔赫沃尔暗中授意一位属臣去请弗格斯赴宴。老弗格斯不好拂了别人的面子，嘱咐儿子们好生保护尼舍兄弟，便半路离开。

这下他们正落入孔赫沃尔的罗网。孔赫沃尔刚与芒斯特王埃奥罕缔结和约，便让后者在路上伏下重兵，趁弗格斯不在，迎面杀出，埃奥罕挺矛一刺，把毫无防备的尼舍扎了个对穿。弗格斯的儿子们见此大喊一声，一起围护住尼舍，用自己的血肉之躯把他护在下面。然而寡不敌众，万矛攒刺之下，三人如刺猬一般，一柄柄利刃直透过弗格斯的儿子们刺穿了尼舍。经此一役，尼舍一行尽被屠戮，而蝶儿婕则被双手反绑，像一件礼物一样送到孔赫沃尔跟前。

弗格斯赴宴归来，才发现生此惨变，一怒之下提剑砍了孔赫沃尔儿子的人头，反投孔赫沃尔的仇敌康纳赫特王国而去，随后在夺牛战役中屡建奇功，此是后话不提。

　　蝶儿婕就此做了孔赫沃尔的小妾一年，但是这一年中她再也没有露出一丝笑容，几乎不吃不睡，日日垂首抱膝而泣。孔赫沃尔问她："这世上你最恨的是谁？"

　　"你，和埃奥罕！"她咬牙回答。

　　"好！我就把你送给埃奥罕玩一年。"孔赫沃尔说。

　　第二天孔赫沃尔把蝶儿婕送去给埃奥罕，路上三人同车，而蝶儿婕最见不得这两个仇敌同时在她身边。孔赫沃尔还欲继续羞辱她，便说："看啊，蝶儿婕，你在我们中间眼睛滴溜转，就好像一头小母羊在两头公羊中间打不定主意。"

　　蝶儿婕再也不能忍受下去了。恰好路边有一块巨石，她一跃而起，天灵盖撞向石头，当场气绝身亡。此为伍士流诸子流亡的经过，以及弗格斯为何投敌，以及伍士流诸子和蝶儿婕之死的故事。

麦克达索之猪的故事

Scélae Muicce Mac Dathó

想要在古代爱尔兰做一名出色的武士，除了要外形威猛、武艺高超之外，还得会自吹自擂、胡吃海喝、杀人不眨眼……不信？请听麦克达索之猪的故事。

从前，在伦斯特省有一位富有的大地主，名叫麦克达索。他拥有一条名声在外的猛犬，名唤阿勒瓦。阿勒瓦看家护院、猎狼逐鹿，几乎无所不能。麦克达索只凭着一条狗就管好了伦斯特中部最肥沃的一片平原，那平原因此得名"阿勒瓦原"。

　　阿勒瓦的名声却也是个祸根。这天，一队使者从西边康纳赫特王国来，称康纳赫特的国王和王后愿出重金买下阿勒瓦。不巧，同一天另一队使者从北边阿尔斯特王国来，他们的国王也想买阿勒瓦。这两大王国彼时正在争夺霸权，剑拔弩张，想不到为了一条猛犬在伦斯特也杠上了。

麦克达索叫苦不堪。他虽是富甲一方的大财主，但怎么能跟两大王国相比？使者们都带来了丰厚的礼物，并承诺各自王国的友谊和保护，但要是他把猛犬卖给其中一方，另一方必然感到受了侮辱。跟两大王国之中的哪一方结下梁子，可都不是闹着玩的，说不定当场就人头落地了。再说，麦克达索的财富很大程度上倚仗这条猛犬而来，哪里舍得把它卖掉？

他只好跟客人说天色已晚，大事改日再商量，便把两支使团引进自家的客栈接风洗尘。这客栈可不一般，在爱尔兰古往今来的大客栈里排得进前五名。它不收一分钱，而是免费为来往的客人提供食宿，以彰显麦克达索的富有和慷慨，为他挣来声誉和朋友。它的七扇大门开向七条大路，七口火塘上总是吊着七口大锅，每口锅里煮着一口牯牛和一口肥猪熬成的肉汤。每个过路人都被获准往锅里攮一叉子，叉上来什么就吃什么，要是一叉下去啥也没叉着，就只好空着肚子离开。

麦克达索安顿好客人，自己却寝食难安。他的妻子看出不对，问出了怎么回事后，给出了如下建议：

"你去分别跟两队使者说，答应把阿勒瓦卖给他们，这样他们会互相残杀，又不会怪到你头上。"

麦克达索拍掌称是，第二天早上就先去找康纳赫特的使者，对他们说他已打定主意要把猛犬卖给他们，请国王和王后于某日率最出众的武士前来，必将隆重迎接，风光体面地转交猛犬云云。康纳赫特使者见使命已达，马上回去汇报。麦克达索又跑去给阿尔斯特的使者说了一样的话，约了同一个日子，对方亦欢喜而去。

是日，康纳赫特和阿尔斯特的大军浩浩荡荡分别从两条大路如约而至，各自都吃了一惊，以为对方获知了约会时间，带队来抢猛犬，在心里暗暗谋划怎样才能克敌制胜。麦克达索也装出一副吃惊的样子出门相迎，请他们进大厅就坐，让两支队伍分坐两边。这大厅果然巨大：七扇大门洞开，每两扇之间放着五十张坐榻，两队人坐下仍绰绰有余。然而大厅中的空气仿佛凝住了，皆因两国数百年来均是世仇，双方武士手中都有不少对方的人命。

麦克达索却像没事人一样击掌欢笑，高喊"抬上那口烤猪来！"这猪可非同一般，吃的不是橡子也不是猪草，而是六十头母牛的奶水，历经七年长成。然而后世的人们都说它是毒药养大的，因为如此多英雄好汉为了它自相残杀。

六十头牦牛齐心协力，才把这口房子一样大的猪拖到厅里。麦克达索亲自主持操刀。"好汉们！"他说，"今晚的宴席之丰盛，没有别处能比得上！请尽管放开肚皮享用我们伦斯特的猪牛！"阿尔斯特的国王孔赫沃尔夸道："好一口肥猪！"康纳赫特的国王阿里尔追问："那我们怎样分猪肉呢？"善于挑拨的"毒舌"布里戈留说："既然勇士们齐聚一堂，不如大家说说自己的战绩，再不然就打个痛快，武艺高的就先分到上好的肉。"众豪杰齐声称是。

康纳赫特的老英雄阿拉斯首先发难："你们阿尔斯特的小年轻看见我就掉头逃窜，给我留下了大群母牛！""哈哈，阿拉斯，你还记得那次你逃跑了，把兄弟留给我宰割？"阿尔斯特群英之中不知谁发出哄笑，说得阿拉斯无地自容。"你们阿尔斯特的罗斯更窝囊，被我手下的埃赫贝像宰兔子一样杀了！"卢赫斯说。"你还好意思提埃赫贝？"凯尔赫尔一饮而尽站起来吼道，"我前天亲手把他的头给砍了！"

各位好汉轮番夸耀自己的战功，直到康纳赫特的凯德技压群雄，几乎每个人都在他手下吃过败仗。凯德洋洋自得地拿过刀子，在猪腿边坐下说："现在还有没有哪个敢来挑战我？没有的话我就给自己切最好的肉了。"阿尔斯特诸好汉面面相觑，确实没哪个能胜得过凯德。凯德正准备动手切肉，忽然看见阿尔斯特最棒的武士康纳尔走进厅来，不禁迟疑。阿尔斯特众人见救星来到，高声欢呼。

康纳尔大剌剌走到凯德身边，说道："挪开！我要吃肉了。""凭什么？"凯德问。"哟，你是想挑战我？小子我告诉你，自从我拿起武器以来，没有一天没杀过一个康纳赫特人，没有一晚不曾劫掠你们，我睡觉时总拿康纳赫特人的脑袋垫脚。""你是比我强，"凯德承认，"但要是我的哥哥安峦在这的话，一定把你揍得满地找牙。""谁说他不在这？"康纳尔一声断喝，从怀里掏出一个脑袋扔给凯德，鲜血溅了他一身，不是安峦却是谁？

于是毫无争议地，康纳尔坐下来分肉。他自己吃了一大条后腿，又把好肉都给了阿尔斯特武士，只给康纳赫特人留下两条前腿——那可是平时给奴仆吃的部分。是可忍孰不可忍，康纳赫特武士拍案而起，拿起刀枪就招呼上来，阿尔斯特人也迎面反击。很快，尸体就堆成了山，血河从七道大门汩汩流出，一千四百名好汉命丧当场。弗格斯把大厅的顶梁柱生生砍断，于是房顶轰然倒塌，多人被埋在底下，剩下的人逃出来继续厮杀。

　　麦克达索牵着狗在旁观望，直到战局已定，才决定加入阿尔斯特方追击康纳赫特残军，希望能分享些战果。阿勒瓦追上了康纳赫特国王的战车，却不幸被车夫砍死。麦克达索和他妻子的计谋最终把他自己整副身家连同他的爱犬都赔了进去。是为麦克达索之猪的故事。

涅拿历险记

Echtrae Nerai

《涅拿历险记》可谓是中世纪爱尔兰文学中的一朵奇葩，因为这个公元 10世纪左右成书的故事所关注的，居然是滥觞于现代科幻小说的主题：时间旅行及其产生的因果效应。这本书里有另一个题目带有 "Echtrae"[1] 的故事《康勒离世记》，这里不妨再解释一下这类故事常见的 "彼世" 主题。五千年前石器时代的爱尔兰居民建筑的许多巨型墓葬，在凯尔特人到来之时已经荒废成绿草萋萋的孤冢。这些建筑在后来者眼中显得不可思议，被视为 "仙丘"（síd），传说底下居住着形容美妙的神祇或精灵。仙丘最重要的特点是里面的时间并不如人世那样流逝，因此永远是美丽的夏日，居民也长生不老。在每年的10月31日晚上，隔绝彼世和人世的屏障会短暂打开，各种奇诡恐怖的事情都会发生。爱尔兰人称这一夜为 "萨温"（Samhain），也就是现代万圣节的前身。在这一天，两个世界之间各种古灵精怪互相窜访，演变为现代万圣节化成妖魔鬼怪的传统。

---

1 爱尔兰语，"远航""历险"的意思。

话说又一年萨温节，康纳赫特的国王阿里尔和王后媚芙正在都城大宴群臣。大家围坐在大鼎旁边的时候，阿里尔说："昨天我们在外面吊死了两个囚犯，今晚敢到外面去把这个花环挂在死人脚脖子上的，那是真正大胆的好汉，我会奖赏给他任何他想要的东西。"

　　外面黑夜沉沉，月沉星晦，不知名的妖魔精灵环伺，等着掳走或下咒于不小心的人类。绞刑架上两具尸体摇摇晃晃，舌头拖得老长，夜鸮在他们的肩头上怪笑。武士们都跃跃欲试，却没有一个真的敢走到绞刑架那里去。

这时涅拿说："我去。你给我什么奖赏？""我给你我的金柄宝剑。"阿里尔回答。于是涅拿全副披挂，打起十二分精神走向绞刑架。他把花环挂在其中一具尸体的脚上，它却滑下来了，重复三次依然如是。这时那死人突然开口说："你得拿根棘刺把它固定好，要不就算你忙到早上也没用。"涅拿照做了，果然奏效。

"请你以你武士的荣誉起誓，把我背在背上，带我去喝点水。从我绞死起一天一夜我都没喝过水，渴死我了！"尸体请求道。涅拿把他背在背上，问道："你要到哪里喝水呢？""去最近的那座房子吧。"尸体回答。

他们到了最近的农舍，却看见房子周围有一圈火墙。"这里喝不到水，"尸体说，"他们已经把火塘耙过了。去下一座房舍吧。"他们到了下一处，却看见房子被一座湖环绕着。"别去那里，"尸体说，"他们睡前已经把洗碗洗澡的水倒干净了。去下一座房舍吧。"他们又来到第三所房舍。"就是这里了！"尸体叫道，爬下涅拿的背进了第三座房子。这里的住家忘了倒掉洗碗的脏水，尸体趴着喝了个饱，然后往睡梦中的一家人脸上唾了几口水，这家人立刻死去了。所以，日落后睡觉前千万不要忘了把家里的脏水倒掉，把炉火耙干净。

涅拿把尸体背回绞刑架，却看见一幅奇异景象：都城被熊熊火光吞没，族人的头颅堆成高高一摞，来自彼世的军队正扛着战利品走进克鲁胡古冢。涅拿不及多想，跟了上去。

军队回到仙丘，立刻发现有个人类混了进来。仙丘的国王把他打发到柴房的女人处，让他每天给王宫送柴火。于是涅拿安顿下来，成了一名伙夫。三天之后，他问柴房女人能否解释一下他进仙丘之前看到的异象。女人说："那是来自未来的景象，除非你提前警告你的族人，否则它就会成真。""我怎么警告他们呢？""你回到都城，就会发现他们还围坐在大鼎旁，里面的肉还没吃完，对他们来说你离开了不过一瞬。告诉他们在下个萨温节来临时主动攻击仙丘，否则仙丘就要袭击他们。"

"他们不会相信我到过仙丘的。"涅拿说。"拿着这些夏日的花果去，现在人世是初冬，他们看到了就会相信你。"女人答道，"而且我已经怀了你的儿子，当你的族人来袭时给我口信，我好带上孩子和牲畜先行逃走。"

涅拿回到都城，发现众人果然还在萨温宴席上。一年后，阿里尔下令准备洗劫仙丘，但先让涅拿把他的妻儿、牲口接出来。涅拿回到仙丘里，妻子吩咐他出去把牛群赶回家来，数来数去却少了最珍贵的一头，那头母牛乃是纪念他们儿子诞生的礼物。原来是战争女神莫里甘掳走了那头母牛，带去给库林格平原上驰名的棕色公牛配种，日落时分才又送回家。当母牛回到家时，萨温节已经过完了，两个世界间的大门已经关上，想要袭击仙丘是来不及了，涅拿只好回到人世，等待下一个萨温节。

他回到的却还是离开去给尸体挂花环那晚。阿里尔国王见了他就问："你去哪了？花环挂了没有？"他只好把经过又讲述一番，众人啧啧称奇，再次计划下一年洗劫仙丘。这一回在袭击前三天，涅拿总算把家人和牲口都接出了仙丘，其中包括（按仙丘时间算是去年）母牛为棕色公牛生下的小牛犊。小牛犊来到人世的草原就放声长哞，引来了媚芙王后最珍爱的公牛"白角"跟它抵斗。小牛犊最终不敌"白角"，落败而逃，却不停地哞叫。

媚芙问她的牛倌小牛为何哞叫，牛倌说："它在喊它的爸爸棕色公牛，意思是如果棕色公牛跟'白角'比赛，'白角'肯定被打得落花流水。"媚芙听了勃然大怒："这棕色公牛好生狂妄！有什么了不起的，看我把它夺来，跟'白角'放在一起比比，到底是谁更厉害！"旁人忙劝道："王后使不得！这棕色公牛是阿尔斯特国王的宝贝，更有全爱尔兰一等一的勇士库呼兰看守，若是出手相夺，得罪了阿尔斯特国王和库呼兰，两国必将兵戎相见，生灵涂炭。何苦为了一头牛引发大战？"

可惜媚芙不是一个轻易改变心意的主儿，她既然想要夺取棕色公牛，就没有任何人能够劝得她回头。战争女神莫里甘的挑拨诡计终将见效，爱尔兰将陷入血雨腥风，是为史诗《夺牛记》的故事内容，请待日后再述。那边，康纳赫特的人类军队趁萨温节杀入仙丘，斩了国王，从而成功避免了被彼世军队屠戮焚城的未来。涅拿在不同时间界域穿梭的经历，从此在爱尔兰传为佳话。

伊娃独子的殒落

Aided Óenfir Aífe

要问起爱尔兰古代传说中最有名的英雄，那非库呼兰莫属。像其他民间传说里的大英雄一样，库呼兰也是个广受女人欢迎，到处留情的风流人物。可悲的是命运弄人，再勇猛的英雄终究逃不过社会里关于荣誉、勇气和名声的行为准则约束，往往做出身不由己的选择。这篇故事讲的就是库呼兰如何杀死自己亲生儿子的经过。

库呼兰少年时拜苏格兰女武士斯卡萨赫为师，直至艺成归乡。斯卡萨赫的妹妹伊娃对这位少年一见倾心，一来二往，伊娃就怀孕了。库呼兰对伊娃说："你会生下一个儿子。拿好这枚金戒指，等我们的儿子长大，能够戴上这枚戒指了，叫他来爱尔兰找我。让他一往无前，无人能挡；让他不要在任何人表明身份之前就自报姓名；让他对任何战斗来之不拒。"

　　过了七年[1]，这个男孩动身前去寻父。这个少年乘一艘

---

1 爱尔兰的英雄普遍早熟，库呼兰自己就是在七岁开始立下功业。

青铜小船，手执镀金的船桨，徐徐渡海而来。船头上放着一堆卵石，少年架起弹弓，练习用卵石打海鸟，把它们一一击昏，随后又把它们放飞。他双手上下翻飞，练起战车搏斗的技巧，快得令人眼花缭乱。他提气长啸，再次射下海鸟又把它们送飞。

阿尔斯特群雄正在艾旭海滩边，望见这一幕。国王孔赫沃尔叹道："哎！那个小伙子要到哪里去，哪儿可就遭了殃。要是在他的故乡，一个孩子都能有这等身手，那么如果来的是成年武士，我们定会被碾成粉尘！"他下令道："来人，去拦截他，千万别让他上岸！"

"谁去拦截他呢？"众人问。"还能有谁，当然是埃胡之子孔德勒。"孔赫沃尔说。"为什么让孔德勒去？"众人又问。"那还不简单？"孔赫沃尔答道，"以理服人，雄辩之才，正是孔德勒所长。""我会去的。"孔德勒说。

于是孔德勒奔赴岸边，正好赶上那小伙子靠岸。"这一趟路可不短啊，亲爱的年轻人，"孔德勒打招呼道，"请告诉我们你的去向和你的家世。""我可不会对任何人自报家门，"那年轻人说，"也不会拒绝任何战斗。""你可不能在这里登陆，"孔德勒阻止道，"除非你报上名来。""我去我所去之地。"那年轻人说着，抬腿就走。

孔德勒赶紧拦住他，对他吟唱了这番话：

> 听我说，小伙子！
> 你力拔山河，壮士风范，举手投足间显示出阿尔斯特英雄的气概。
> 若你向他投诚，孔赫沃尔会庇护你。
> 请你把长矛从战车的左边[2]移开，它会激起阿尔斯特勇士的怒火！
> 请听我一言，投到涅斯勇猛的儿子——孔赫沃尔麾下。
> 向阿尔斯特的群英臣服：科斯克拉之子参纳哈；
> 芬坦之子'血刃'切瑟恩，燎烤军团的烈火；
> 诗人阿瓦尔根，率领千军万马的库斯克拉斯；[3]
> 康纳尔庇护下的任何人都将得到欢迎。
> 若你能活着通过布里布鲁赫，他将会惭愧忧伤；
> 让这么多人丢脸可不是一件好事，听我说！

一边说着，孔德勒起身挡在这年轻勇士面前。

"您一番话说得着实巧妙，"那年轻人说，"因此我理应给您答复。我从战车上投掷，向来弹无虚发，无需使出武士的'鲑鱼跃'功夫，就轻松地收获了一大串鸟儿。我可以为您列出我的一系列壮举，好让您知道任何战斗我都能轻易取胜。去吧，问问阿尔斯特群英，他们想要跟我单打独斗，还是一拥而上？去吧，哪怕您有百夫之勇，也

---

2 战斗位置。

3 这四人是阿尔斯特群雄中的佼佼者。

无法拦得住我。"

"那好吧，我让别人来跟你谈判。"孔德勒只好这样说，回头去向阿尔斯特诸雄禀报。

"常胜"康纳尔听了拍案而起："只要我一息尚存，没有人能如此狂妄，玷污阿尔斯特的名誉！"于是他前去会这个年轻人。"你的身手还不赖。"康纳尔对小伙子说。"让你见识一下什么是更好的武艺。"那小伙子答道，把弹弓上膛，射出一石，带着雷霆般的声响直冲康纳尔，当即把他击得四脚朝天。还不等康纳尔爬起身，那小伙子纵身一跃就到了他身边，夺过康纳尔的盾牌拿在手中。这可大大地让阿尔斯特出了丑。"再来人解决他！"康纳尔叫道。

库呼兰正准备下场迎战，妻子艾薇尔却圈住了他的脖颈，眼泪涟涟地恳求他：

> 别去！对面是你的亲生儿子啊！别杀了你的独子，让他去吧。
> 你这巨树虽根深叶茂，却只有一根独苗，你怎忍心折损它的树皮！
> 想想看，斯卡萨赫会得到怎样让人心碎的消息？
> 如果他将战车的左舷转向你，他将在英勇战斗中陨落。
> 看着我！听我说！我句句是良言！我知道他会怎样报上姓名，
> 那就是伊娃的独子康勒。

库呼兰如此回答：

别说了，女人！我可不能听从妇孺的建议，只能追求壮举和光辉胜利。

我会在战斗中取胜，好让国王赞叹不已。

康勒身上流出的鲜血，在我手上一会儿就会蒸发殆尽。

我的刀剑会畅饮那执矛勇士的热血，

哪怕那里站着的是你所说的人，为了阿尔斯特的荣誉，我会亲手把他杀死。

于是他来到了康勒跟前。

"小伙子，你的武艺真是赏心悦目。"库呼兰说。

"你们的嘛，就不怎么样了。"那年轻人说，"前两个都还没使出一拳一脚，就叫我给收拾了。"

"我本不想跟黄口小儿对战，"库呼兰说，"可是除非你报上名来，否则难逃一死。"

"来吧！"那年轻人叫道，旋即冲上前去。两人你来我往，刀光剑影间，忽见库呼兰一缕断发徐徐落地，却是那年轻人一记精湛剑法，堪堪被库呼兰避过。

"现在你侮辱到我头上来了！"库呼兰喊道，"我们来比拳脚！"

"我不够高，碰不到你的腰带。"那年轻人说，于是他跳上两块垫脚石头，连续三次把库呼兰摔倒在两根石柱之间，而自己双脚丝毫未动，只是那神力硬生生地把两块石头踏出了两个深可及踝的脚窝。时至今日，那两个脚窝依然可见，所以该海滩名叫艾旭[4]。

两人又厮打到水里，试图淹死对方。年轻人两次把库呼兰按住，险些得手。可是姜毕竟是老的辣，库呼兰假装断气，却趁康勒力少松懈，从水中向上袭来，使出了狠毒的武器"腹矛"——斯卡萨赫只教过库呼兰一人这门兵器。他从水中一击得手，腹矛没入康勒肚中，再一扯，他的肠子流得满地都是。

那年轻人吃痛呼喊："斯卡萨赫可没教过我这个！""的确如此。"库呼兰心情沉重，把垂死的少年抱在怀里，将腹矛从他身上扯出，轻轻地把他抱到阿尔斯特诸人面前放下。

"这就是我的儿子，阿尔斯特的英雄们，为了你们，我不得不做出这样的事情。"他说。

人们皆低头叹息。

"要是我能在你们之中历练五年，世上就无人能敌我，你们就能开疆辟土，直达罗马。可是事已至此，"那少年用尽最后的力气说，"告诉我这里好汉们的姓名，我好一一问候。"

---

4 "Éisi"，意为"足迹"。

于是他一一问候了众人，最后抱住了父亲的脖颈，道了永别，就此死去。

人们为他哭丧、建坟、立碑，哀悼了三天。这就是伊娃独子殒落的经过。

布里戈留的宴会

Fled Bricrenn

如果说麦克达索之猪的故事还算是对武士阶层无节制浮夸和杀戮的严肃批判的话,《布里戈留的宴会》则是对这种"英雄主义"彻头彻尾的戏讽。在布里戈留的宴会上,阿尔斯特三大英雄争夺烤猪身上最好的部分(所谓"英雄的份额"),踏遍爱尔兰进行各种荒谬的武艺比试,明知失败了却死不肯承认,生生把《伊娃独子之陨落》里的悲剧变成了一场闹剧。

（上）

　　"毒舌"布里戈留为国王孔赫沃尔和整个阿尔斯特的武士们准备了一场盛大的筵席。他花了一整年做准备：建造了一座金碧辉煌的豪宅，无论做工、材料、装饰还是家具，都超过了世上所有的房子。每座立面都有三十尺高，用青铜铸就，到处装饰着浮金雕饰；里面共有九座大厅环绕着中间的火塘，最高的一座供国王下榻，坐榻上镶满了宝石和白银，无论日夜都熠熠生辉。

　　布里戈留料到人们不会愿意让他参与宴会，早给自己在旁另建了一座亭榭，跟国王厅堂一样高，装饰着精美绝伦的刺绣和挂帘，每面墙上都有窗户。从他自己的坐榻上，布里戈留可以把豪宅里的一举一动尽收眼底。

一切准备就绪之后，布里戈留前去王庭拜谒。他坐在国王孔赫沃尔下首，向他和王国的武士们提出邀请。国王欣然应允，可是足智多谋的弗格斯和其他首领进谏道："万万不可！要是我们去了，他一定会挑拨我们互相攻讦，最后死的人比活下来的还多！""要是你们不来赴宴，我会使出更糟的手段！"布里戈留回敬道。"你会做什么？"孔赫沃尔问。"我会挑拨国王、首领和武士互相残杀，除非你们来赴宴。"布里戈留说。"我们才不会为了避免这个就去赴宴。"国王说。"那么我就挑拨子弑父，弟弑兄，直到你们来赴宴。""这吓不倒我们。""那么我就挑拨阿尔斯特所有妇女用双乳互相搏击，直到她们的乳汁腐坏变质。"弗格斯说："如果真要这样，那我们还是去吧。但我们得好好计划，以免最后落得自相残杀的下场。"

首领们商议过后，法官参那哈宣布："如果要我们去赴宴，布里戈留必须提供人质，而且宴会开始的时候，让八名全副武装的武士护送他离开宴会厅。""没问题。"布里戈留同意了。

这样一来，布里戈留又得花不少心机去谋划怎样才能挑唆阿尔斯特人。他先去找了"常胜的"莱古里，对他说："有幸与您相见！布雷加平原的雷霆、米斯沸腾的暴击，身披猩红火焰，阿尔斯特武士中的冠军！鄙人实在想不明白，您为什么不能总是独占'英雄的份额'[1]呢？""那是，如果我想要的话，'英雄的份额'就是我的囊中之物。"莱古里飘飘然道。"如果您听我的建议，就必然占据阿尔斯特英雄中的首席。"布里戈留继续道，"如果您在敝宅的宴会上获得'英雄的份额'，就能永远傲视群雄。我有一口大鼎，里面装下三位武士绰绰有余，我给它盛满了醇厚美酒。我又有一头七岁的猪，从它出生起，春天只吃浓粥和谷饭，夏天只吃乳酪和鲜奶，秋天只吃坚果和麦子，冬天只吃肉和浓汤。我还有一头血统高贵的奶牛，从小起只吃嫩草、谷物和药草。我准备了一百个用蜂蜜烘培的大圆面包。作为阿尔斯特最负盛名的武士，这些不用说都任您首先挑选。筵席铺开之时，请您的车夫代表您起立发声，'英雄的份额'就属于您了。""没错，如果谁敢反对，我就让他流血！"莱古里说。布里戈留

---

[1] "英雄的份额"（mír curad）是宴席上为最英勇的武士预留的上好的肉块，也是名声和地位的象征，请见前文麦克达索之猪的故事中众武士争夺的烤肉。

笑着满意地离开了。

接下来，布里戈留又去找康纳尔-切尔纳赫。"见到您是我的荣幸！"布里戈留鞠躬道，"您从年轻时起就因为辉煌的胜利而享誉全国，每次阿尔斯特出征敌国，您总是一马当先，领先大军三天的路程，当大军凯旋时，您又在后护卫，从没有敌人能从您眼下溜过。您为什么总是不能独占'英雄的份额'呢？"布里戈留怎样对莱古里花言巧语，就怎样对康纳尔双倍地巧舌如簧。

康纳尔同意了之后，布里戈留又去找库呼兰。"见到您是我的荣幸！布雷加平原的常胜者、利菲河上的耀眼旗帜，艾汶宫殿的宠儿、妇人少女梦中的情人。您守卫我们免受劫掠和屠杀，总是先人一步取得成就。全爱尔兰都承认您的勇猛和武艺。如果全阿尔斯特都没有人敢于在比武中面对您，您为什么还要将'英雄的份额'拱手相让呢？""没错！我以我族人发誓的神灵起誓，"库呼兰说，"谁敢来挑战我，我就让他丢掉头颅！"就这样，布里戈留离开了三位勇士，仿佛什么都没发生过。

阿尔斯特诸雄来到布里戈留的宫殿，依次上座。乐曲响起，餐食流水般上桌，布里戈留则如约在武士的护送下离开了宴会厅，退居他的亭榭。不过走之前，他留下一句话："请看，那是'英雄的份额'，请把它赠给阿尔斯特最伟大的武士！"

此时莱古里的车夫起立说："请把'英雄的份额'拿来给莱古里，他是阿尔斯特最有资格享用的人。"康纳尔和库呼兰的车夫也骤然起立，说了同样的话。三位英雄闻言，均呼喊着："一派胡言！"他们跳上了长桌，剑拔弩张，开始互相砍杀。半座宴会厅里都是刀剑相斫迸散出的火花，好似一场火雨；另半座宴会厅里，盾牌上被砍飞的珐琅表面四处纷飞，仿如一阵暴雪。四下人喊马嘶，连最勇猛的武士也惊慌失措。孔赫沃尔和弗格斯忙挡在三位武士中间，大声喊停。

智者参纳哈说："我来宣布一个裁决办法。今晚全体阿尔斯特人共同分享'英雄的份额'，你们明日去寻康纳赫特国王阿里尔裁决谁才是阿尔斯特最厉害的武士。"众人称是，又开始饮酒作乐，好似从未有过争端。

布里戈留从他的坐榻上看见厅里发生的一切，见毒计不成，又酝酿去挑唆妇女们。一轮狂欢过后，莱古里的妻子菲婕勒姆正带着她的五十名侍女从宫廷走来，布里戈留截住她说："鄙人有幸拜见夫人！您的美貌、智慧和家系远近皆知，孔赫沃尔是您的父亲，莱古里是您的丈夫，您的荣誉怎能容许任何其他女人在您之前走进宴会厅？她们只配跟在您后头为您执裾。如果您今晚最先走进宴会厅，您将永居阿尔斯特妇女之首。"听了，菲婕勒姆带着侍从赶紧奔去。

之后康纳尔的妻子莲达瓦尔带着五十名侍女来了，布里戈留又油嘴滑舌，对她讲了类似的话，莲达瓦尔赶紧往宴会厅奔去。库呼兰的妻子艾薇尔最后到，布里戈留也截住她进谗："问候您的健康，艾薇尔，爱尔兰最出众的英雄之妻。您就像那唯一的太阳，无论国王武士，还是全世界的女子，与您的光辉相比都不过是微渺的星辰。您的美貌、身段、家世，您的青春、容颜、名声、智慧、谨慎和口才都无人能及。"他凭借三寸不烂之舌，对艾薇尔献上了三倍的阿谀。

三队妇女在宴会厅三里之外碰了面，各自都不知道布里戈留对别人也说了类似的话，于是暗暗在心里铆足了劲，不能失了自己爱尔兰妇女之首的位置。第一里地，大家还保持着雍容典雅的步态；第二里地，见到另两队丝毫未落后，妇人们开始加快了步伐；最后一里地，妇人们心里着急，为了争得头筹，不惜把裙子撩到腰间，大步快冲。她们声势极大，一时间尘土冲天，好像一百五十部战车在全速冲向宴会厅。厅里众人闻声变了脸色，正欲起身作战，参纳哈止住他们说："别忙！那不是敌人，而是我们自己的妇女，被布里戈留挑唆争斗。我警告过你们，如果不赶走布里戈留，他迟早要让我们自相残杀到一人不剩。"话音刚落，艾薇尔为首的一干妇女衣不蔽体，以雷霆之势冲进了大厅，来不及止步，后面的妇女们又冲到，一群人被撞得四脚朝天。

妇女们整理好衣装落座，又开始夸耀自己的夫君如何勇武。听到自己老婆的夸奖，莱古里和康纳尔各自掰下一根和自己一样高的梁柱显摆力气。库呼兰见状，直接抓住他坐榻后面的墙壁，举起整座房屋，直到众人能从空隙里望见天上的星星。他一松手，房子轰然落地，墙壁陷进地面七尺之深，声浪震塌了布里戈留的亭榭，把他跟妻子远远抛出，他俩落在一堆垃圾当中，吓跑了正在觅食的野狗。

"救命！敌人进攻了！"布里戈留爬起来跑向宫殿，捶着门要进去。阿尔斯特人打开门，看见一个满身污秽、臭不可闻的人形，直到他开口说话，才知道是布里戈留。他哭哭啼啼地说："我最珍爱的就是这栋房子，你们却毁了它！要是修不好，你们就别想有食物可以吃，有觉可以睡！"

阿尔斯特群雄想尽办法，却不能抬起大殿，于是他们叫嚷说是库呼兰弄成这样的，他要负责修好。库呼兰上前尝试，第一次失败了。他使出变形，每根发尖渗出一滴血，身子如磨盘般旋转，又伸长到每根肋骨之间足以放下一只脚。这样他终于积聚了足够力气，一声大吼，把房子抬回了原处。

（下）

第二天，阿尔斯特众人浩浩荡荡开往克鲁胡找国王阿里尔裁决。媚芙王后听讯忙带着一百五十名妇女和三口装满冷水的大瓮在城门等候，好平息为首三名英雄的怒火。阿尔斯特人被请进克鲁胡的宫殿，那儿的装饰十分精美：白铜铸造的护壁，红豆杉做的屏风，穹顶上三条黄铜饰带会集天顶；梁柱是百年橡木，上面镶满卵石。阿尔斯特的好汉们穿过一座又一座殿堂，在音乐的陪伴下入座享用美食。如此欢宴了三天三夜。

之后，阿里尔询问他们为何而来。参纳哈解释了三位武士之间的争斗，请阿里尔为他们裁决。阿里尔陷入了沉默，随后请求给他三天时间思考。参纳哈爽快地答应了，于是阿尔斯特人把三位武士留下，其他人回家去。晚饭时分，三位英雄正在进餐，突然，三只大猫形状的怪兽从克鲁胡的古冢中扑出。莱古里和康纳尔忙不迭地丢下晚餐，爬到房椽上躲避，整晚都不敢下来。而库呼兰在怪兽扑来时丝毫没有退缩。在第一只怪兽伸长脖子吃晚餐的时候，库呼兰就给它脑袋重重一击，可是那怪兽置若罔闻，库呼兰的剑就好像砍在了石头上。那些大猫躺下来休息，库呼兰也拿它们束手无策，就这么过了无眠的一夜。清早阿里尔看见三位英雄，问他们说："这样总该分出高下了吧？""才没有，"莱古里和康纳尔抗议道，"我们只愿意跟人战斗，而不是猫。"

阿里尔回到自己的卧室，顾虑重重地靠在榻上。"你真是个软蛋，"王后媚芙斥责他说，"既然你是仲裁人，就给出裁决啊，三人之间的高下，不就像金子和铜铁一样明显吗？"媚芙不管他，径直召唤了三人，让他们继续比试。这次是比力气。莱古里抓起一个实木做的大车轮，用力一抛，车轮飞到离房顶一半的距离，众人皆嘲笑、喝倒彩，莱古里却以为他们在为他叫好。康纳尔拾起车轮，绷紧浑身肌肉，把它抛到房梁的高度，围观的人们又发出嘲弄的笑声，康纳尔却以为是在鼓掌赞叹。库呼兰一抛，车轮穿破了屋顶飞到外面，直沉入地面一臂之深，人们皆惊叹叫好，库呼兰却以为他们在挖苦自己，闷闷不乐。于是他向女人们讨要了她们的针，往空中掷去，落地时每根针都穿过了上一根的眼，成了一根链条。

媚芙夸赞了勇士们的身手，叫他们去她的养父母埃尔科尔和加尔文处接受裁决。那两人派他们仨依次去挑战为害当地的精怪。莱古里先上，却被吓得丢盔弃甲而逃。康纳尔第二，激战一番之后不敌，抛下了刀剑撤退。库呼兰第三个上。那精怪尖啸一声向他袭来，震碎了他的长矛，击飞了他的木盾，扯碎了他的衣服，把他绑住压在地上。"你真丢脸！"他的车夫叫道。库呼兰羞赧难当，当下开始变形，变长的身子从束缚中挣脱，随即开始反击精怪，把它砍得粉碎，空气里充满了难闻的血腥味。库呼兰带着精怪的斗篷和武器凯旋归来，埃尔科尔宣布说："我裁定'英雄的份额'归于库呼兰，他的妻子尊为阿尔斯特妇女之首。"可是另两个参赛者不同意："谁知道是不是库呼兰在仙丘世界里的朋友助了他一臂之力？"

三人吵吵嚷嚷回到都城艾汶玛哈，参纳哈见事情仍未解决，又派他们去找"可怖的瓦斯"，"巨大忧惧"伊魔万之子。瓦斯拥有了不起的魔力：他可以随意变换形状，人们都以为他是妖魔幻影。三位英雄来到瓦斯居住的湖边，报明来意，请求瓦斯裁决。瓦斯想了一会儿说："我有一项交易，谁愿意和我交易，就能得到'英雄的份额'。""什么交易？"三人问。"我有一把斧子，"瓦斯说，"你们中的一个今天把我的头砍下，明天就轮到我把他的头砍下，怎么样？"

　　三人面面相觑。莱古里和康纳尔抗议说瓦斯有起死回生的魔力，他们却没有，这样不公平的交易他们不做。可是库呼兰却为了争得"英雄的份额"，答应了瓦斯。瓦斯便趴在一块扁石上伸出脖子，库呼兰挥斧砍下了他的脑袋。只见瓦斯的身体晃悠悠站起来，没事一样拾起斧子，抱起脑袋安回脖子上，兀自回家去了。

　　第二天瓦斯来寻库呼兰，库呼兰泰然自若趴下伸出脑袋，瓦斯高高举起斧子，另两人都不忍直视，背过身去。风声响过三次，库呼兰却未身首分家，原来不知怎么，每次斧子砍下，斧刃就突然变到上方。"起来，库呼兰，"瓦斯说，"你才是阿尔斯特群英中具大勇者，毫无疑问，

'英雄的份额'该是你的。"三人回转艾汶玛哈，仍然争吵不休，莱古里和康纳尔指责瓦斯使用了障眼魔法，拒不承认库呼兰的胜利。

这次，三人又被送去芒斯特王库瑞处接受裁决。前来迎接的只有库瑞的王后布拉斯娜姬。原来库瑞的武艺如此高深，在爱尔兰已经找不到对手，只好常年在外征战。不过库瑞知道他们要来，特地吩咐过王后接待事宜。三人梳洗过后，王后说库瑞留下话来，让他们按年龄长幼依次驻在城外守夜。

第一夜是最年长的莱古里守望。快到清晨时，莱古里望见一位巨人从西方的海面升起，顶天立地，丑恶可怖，正涉水向城池冲来。他直瞪着莱古里，手里攒着一把橡树树干，每根都至少需要一队牯牛才能拉动，然而这些树干都像是被硬生生从泥土里扯出来的。巨人向莱古里掷来一根树干，后者轻巧地避开；巨人又连掷出三根树干，却连莱古里的边都没擦着。莱古里反击，投出一根长矛，巨人手指一挥，长矛仿佛一只苍蝇般被弹开了。

巨人大怒，张开足足有三丈之宽的手掌一把攥住莱古里。魁梧如莱古里，在巨手中也仿如柔弱的婴儿。巨人却不杀莱古里，而是把他夹在双手之间搓来搓去，好像磨盘之间的一颗了无生气的棋子。见莱古里被折磨得半死，巨人随即把他扔过高高的城墙，让他落进了城内的沟渠。莱古里大头朝下，动弹不得。等到天明康纳尔和库呼兰发现他时，两人大为惊讶，他们见城门紧锁，以为莱古里是从城外一跃飞越高墙而入，以此挑战另两人的武艺，不禁心下暗自担忧。

第二夜，年龄居中的康纳尔担任守夜。前一夜出现的场景又重现，康纳尔也被巨人同样折辱对待。第三夜，轮到最年轻的库呼兰，正值"冷嘴"瑟斯肯的三位灰衣骑士、布雷加的三个牛倌和"巨拳"科尔的三个儿子偷袭城堡。也正在同一夜，附近一座湖里的怪兽冒出，准备吞噬城堡里的所有人马。库呼兰整夜不寐守望，这许许多多邪恶人物正奔驰来袭。半夜时分库呼兰听到一阵骚动。"是谁在那儿走动？"他喝道，"是友的话，请停步；是敌的话，快滚蛋！"闻此，那九位恶人大喊一声，库呼兰向他们冲去，电光石火之间，九人已经全数倒地身亡。他把敌人的头割下，在他守夜的座位上堆成一堆。

夜之将尽，库呼兰疲累不堪。这时他听见湖中发出一阵怪啸，好似海上不祥的风暴。尽管疲累，库呼兰仍冲向湖边，看见这头怪兽——长长的身子抬起，伸出湖面三十腕尺，张开大嘴，双颚间足以吞下一整栋王宫。库呼兰使出他的移形换影功夫，跳到半空，围着怪兽快速环行，快得像抖动的筛子。他一手抓住怪物的颈皮，另一手伸进它的喉咙，直探到它的心脏，然后猛力一扯——那怪物喷出一口污血，从空中坠下来，库呼兰顺势跃下，把那颗仍在抽动的心扔得远远的，然后抽出剑，把瘫在地上的怪兽砍成了肉泥，砍下它丑陋的脑袋，放在之前的战利品堆上。

晨曦初露，库呼兰浑身伤痛、筋疲力尽之际，看见那曾折磨莱古里和康纳尔的巨人从海上冒出，大步跨来。"你这一夜过得不怎么样啊！"那巨人咆哮道。"对你来说只会更糟！"库呼兰回敬道。巨人大怒，扔过来一棵树干，没有击中库呼兰；后者顺势掷出长矛，可惜也落空。巨人伸出巨掌抓住库呼兰，就像之前一样，可是库呼兰使出鲑鱼跃和移形换影，一下滑溜出掌握，高举宝剑过头，如脱兔，如风车，绕着巨人不停打转劈砍。"一命换一命！"巨人求饶道。"我的要求如下：从今以后，我独占爱尔兰群雄之鳌头，再无人敢于挑战我的'英雄的份额'，我的妻子永远被尊为阿尔斯特妇女之首。""我答应你。"巨人说道，转眼间就消失不见了。

库呼兰想起前两位英雄跃过城墙的"壮举"，自己也试着跳了两次，却铩羽而归。"如果我赢了这么多敌人，最后却因为跳得不够高而输掉了'英雄的份额'，那可太丢人了！"他心想。于是他后退了一箭之地，往前先一跃到紧贴城墙，然后直直向上跳起，却又落回原地，陷进地里深达膝盖。库呼兰羞愤之下又开始变形，这次终于越过了城墙，落在宫殿门口，长出了一口气。

布拉斯娜姬听了这声长叹说："这可不是失败者的叹息！"这时，众人看见库瑞回到城堡，拿着库呼兰此前杀掉的九名敌人的盔甲，以及九人和湖中怪兽的头颅。库瑞来到大殿中间，把这堆战利品扔到地下，说："有一夜之间能赢得这么多战利品的武士守夜，国王才能高枕安眠！我宣布，库呼兰才是全爱尔兰最杰出的武士，'英雄的份额'理应归他！"

三位武士向库瑞道别，回到艾汶玛哈。晚宴分肉时，"黑舌"杜夫萨赫问道："今晚你们不会再为'英雄的份额'争吵了吧？我相信库瑞已经做出了公正的裁决。"可是莱古里和康纳尔仍然争辩说裁决并未做出，库瑞没有把"英雄的份额"赏给库呼兰。众人望向库呼兰，后者却说："我不要再争什么'英雄的份额'了！它带给我的麻烦远超过了荣誉！"于是"英雄的份额"又被悬置起来。

又过了一段时间，阿尔斯特人正在国王孔赫沃尔的殿堂上聚会，来了一个不速之客。这是一个粗野丑陋的大块头，比其他人高出了一倍不止，身披兽皮，肩扛一株大树，足以容纳三十头牛在树荫下歇息。他的两只黄眼睛如锅鼎般大，一根手指就有寻常人手腕粗细。他手里执着一柄斧，斧柄需要一队耕牛才能拉动，而斧刃锋利得足以迎风断发。

这汉子进来站在房屋正中。杜夫萨赫见了讥笑他说："是房子对你来说太小了吗，只好站在正中间？你倒是可以当我们的持烛人，不过看起来你更可能会把房子烧掉！"汉子应答："我确有持烛照明的才能，但我这次前来，是要找我在欧洲、亚洲、非洲都没找到的东西。我漫游世界，从未找到过一个能遵守和我订下的契约的人。"

"你未免也太小瞧我们阿尔斯特人了。"弗格斯说。"因为一个人背信毁约，你就抹黑一整个王国，这样的话，真不知道死亡是先降临到你还是那个人头上哩。""那就保证和我公平交易。"那汉子说。参纳哈回答："我们确要答应他，一整个王国怎能失信于一个无名之辈呢？况且无论你要找什么样的人，在我们这里准能找到。""好，"那汉子说，"我的条件很简单，如果有人敢让我砍下他的头，明天我就让他砍我的头。"

"短腿"的儿子"胖颈"有百夫之勇，他跳上前说："行啊，伙计，伸出你的脖子，今晚我砍掉你的头，明晚轮到你砍我的。"那汉子却不紧不慢说："这样的交易我在哪里都能找到人来做，听好了，我的条件是我先砍你的头，明天你再砍我的。"众人一阵哗然。杜夫萨赫说："要是你杀死的人明天还能抱住你的大腿复仇，那可真是不容易，不过我猜这里只有你一个人有起死回生的能力吧？"汉子爽快道："那行，就按你的条件，可不能赖账啊！"

于是"胖颈"操起七尺长的斧头，那汉子则趴在木桩上伸出脖子。"胖颈"用力一挥，斧刃深入木桩，鲜血和木屑飞得到处都是，汉子的脑袋骨碌碌滚到他脚边。那身躯马上站起来，抓起脑袋按回颈上，摇摇晃晃去了。满殿的人见此变故，惊得说不出话来。"如果这家伙明天回来，发现我们赖账，铁定把我们杀得一个不剩。"杜夫萨赫喃喃道。

第二晚那汉子果然回来，"胖颈"躲着他不敢露面。汉子抱怨道："我就知道无人能完成与我的交易。在座争夺'英雄的份额'的各位好汉，有谁敢与我交易？"莱古里闻言挺身而出，跟"胖颈"一样砍了汉子的脑袋，却也同样再不敢露面。康纳尔随后出战，同样畏缩食言。

等到第四晚，这汉子已经怒不可遏。阿尔斯特全部的妇女都聚集在宫殿，等着看这出好戏如何收场。汉子叱骂阿尔斯特人道："你们的武艺和勇气都算个狗屁！你们的武士垂涎'英雄的份额'，却不敢完成和我的约定。你们那个弱鸡库呼兰躲到哪里去了？他不是最厉害吗，怎么不出来？""我不想跟你做什么约定。"库呼兰说。"你就是怕死吧，你这个可悲的苍蝇？"汉子嘲笑道。库呼兰拍案而起，提斧猛力一击，那汉子笑声未绝，头已经飞到半空，一腔热血飞溅得满厅都是，人人皆悚然变色。库呼兰拎起脑袋，把它劈成了碎片，汉子的身躯居然还像没事一样走开了。

第二天，全阿尔斯特都来看库呼兰是否像其他人一样退缩不前，却见库呼兰泰然自若站在宫外等着那人，众人不禁为他担忧伤心。正当大家准备为敬爱的英雄唱挽歌的时候，库呼兰对他们说："勿要悲伤！我今日就算要死，也要带着荣誉死去。"

夜幕降临时那汉子又来。"库呼兰在哪里?""在此。"库呼兰说。"你声音低沉,想来还是怕死吧?不过算你好样的,敢来面对我。"库呼兰趴下伸出脖颈,但那木桩如此巨大,他的脑袋只伸到半路。"伸长点!"那汉子斥道。"快快了结罢,不要再多作折辱!"库呼兰叫道,"昨晚我可是给你痛快了事,要是你折磨我,我死后就变成一只鹭鸟天天尾随骚扰你。"

"你脑袋只伸到半路,我砍不了!"于是库呼兰最后一次使出变形,伸长的脖子正好横跨整个木桩。汉子高举斧头,身上的肌腱咯吱作响,使出雷霆万钧之力砍下,那风声好似风暴刮过森林巨树。斧刃正要触到库呼兰的脖子,瞬间反向朝上,满朝人马屏息闭气看得分明,库呼兰脖子上一小撮汗毛慢慢飘起又回落地上,众人突然爆发出雷鸣般的叫好声。

"起来,库呼兰!"那汉子说道,"爱尔兰所有武士中,无人能及你的勇气、武艺和荣誉。你是英雄中的巅峰,'英雄的份额'当之无愧属于你。你的妻子永居阿尔斯特妇女之首。谁敢挑战你,我敢说他命不长矣!"说完,汉子就消失了。原来这是库瑞施法作的幻象,以完成他对库呼兰的承诺。此乃布里戈留的宴会始末。

"奴隶腰"埃胡诸子历险记

Echtae mac nEchach Mugmedóin

在中世纪爱尔兰，文学时常被用来为政治服务。宫廷御用文人会深度加工王朝祖先的起源传说，把竞争对手的祖先贬低为暴君或恶棍，借神灵或圣徒之口宣扬国王的正统权威不容置疑。

《"奴隶腰"埃胡诸子历险记》是公元9世纪左右的一则政治故事，为爱尔兰中世纪最重要的王朝奥尼尔家族摇旗呐喊。奥尼尔家族大约兴起于公元6世纪，长期统治着爱尔兰大部分地区。他们麾下的文人自然要通过传说把开国君主尼尔的地位抬高到所有对手之上。

从前，爱尔兰有一位高贵的国王，人们称他"奴隶腰"埃胡。他有五个儿子，其中四个是王后蒙芬德[1]所生：布莱恩、费赫拉、阿里尔和弗格斯；还有一个尼尔是英格兰公主、"黑鬈发的"凯伦所生。蒙芬德极其憎恨凯伦，把她当侍女使唤，即使在她怀着身孕的时候，还打发她每天到山下打水，好让她小产。

几个月后，凯伦正在背水，忽然感到阵痛，就在塔拉的山坡上生下了一个男婴。没有人敢施以援手把孩子包裹起

1 意为"金发"。

来，因为大家都害怕蒙芬德的怒火和巫术。只有诗人托尔纳心生恻隐，把尼尔带到偏僻的村落抚养长大。

待到尼尔长成一位挺拔英俊的青年，托尔纳才把他领回王都塔拉。王后蒙芬德勃然大怒：这么个野种敢跟我的儿子抢夺王位！可是民意一致认为尼尔是五个王子里最出众的一位，应该由他继承王位。王后无奈，只好让五个王子前往智慧的铁匠兼预言者西斯坎家，让西斯坎裁断谁来统治爱尔兰。

西斯坎叫王子们一一就座，转身出去就在房上放了一把火。大火熊熊燃烧，尼尔首先抱着铁砧冲出来。"尼尔会是群王之首，他的统治将如铁砧般稳固。"铁匠预言说。接着布莱恩扛着铁锤跑出来。"布莱恩将是出众的武士。"然后是费赫拉，他拎着一桶啤酒和风箱。"费赫拉拥有美貌和智慧。"接下来是阿里尔，他抬着装满武器的箱子。"阿里尔将为你复仇。"最后是弗格斯，手里只有一束枯枝。"弗格斯的后人将衰微无名！"这些预言后来都一一应验了。

蒙芬德咽不下这口气，叫她的儿子们到铁匠那里领武器，然后出外打猎，顺便找机会把尼尔除去。五位王子追逐猎物越行越远，最后到了一处从未见过的所在。眼见天色已晚，众人便扎营生火，烤下猎物充饥。饱餐一顿后，他们都感到口渴，于是弗格斯动身去找水。

走不多远，弗格斯就遇到了一口井，可是井边有一位老妪把守。这婆子全身上下的肢体关节都像煤炭一样漆黑，她灰白粗硬的头发像野马尾巴一样根根高耸。她长着两排墨绿色的利齿，足以一口啃断树枝，她的血盆大口一直咧到耳朵根。她的双眼漆黑如烟，鼻子弯曲歪斜。她浑身筋脉凸现，长满脓包，小腿扭曲。她肩宽、背驼、膝肿，指甲覆着绿垢，实在让人看了心惊胆战。

"你是在守着井吗？"弗格斯傻傻地问。

"是的。"老妪答道。

"我可以从中汲水吗？"弗格斯问。

"你可以，"老妪说，"但是要先吻我一下。"

弗格斯惊得跳起来："吻你？门都没有！"

"那你就不能汲水。"

"我宁可渴死也不要吻你。"弗格斯恨恨地说着走开了。

弗格斯空着手回到营地，给兄弟们说了这次奇遇。阿里尔跟布莱恩不信邪，跑到井边，终究也吻不下去，无功而返。接着，费赫拉也去见了老妪，他胆子稍微大点，强忍着恶心往她脸边凑了凑，算是个吻，老妪说："水你是拿不到了，但你的子孙将短暂在塔拉为王。"预言不假，除尼尔之外的四兄弟里，只有费赫拉的两个子孙后来成了国王。

最后尼尔出马去打水。"请让我取水吧！"他请求道。"要水可以，但你得先吻我。"老妪说。"别说吻你，跟你睡觉都没问题！"说着，尼尔便奋不顾身扑上去，把老妪压在身下深吻。这时候奇迹发生了！丑恶不堪的老妪突然变成了世上最美貌的少女：她从头到脚像田垄上的初雪一样洁白，胳膊丰润，仪态雍容，手指柔嫩，双腿修长，面如桃花。她小巧柔软的双脚上穿着白铜镶边的缎鞋，圆滑的肩头上披着一件纯紫的丝绸披风，用一根熠熠生光的银扣针系紧。她满口贝齿洁白，一双大眼睛露出王后般的高贵神色，红唇诱人仿如莓果。

"居然还有这种好事？"尼尔大喜过望。

"是呀。"少女含羞道。

"你究竟是谁？"

"我就是王权。"她答道，"拿上水去找你的兄弟们，你和你的子孙从此将世代为王，所向披靡。你看见我起初丑恶可怖，后来又变得美丽，王权就是这个样子：它总要通过杀戮和战争获得，但是最终将变得美好愉悦。至于现在嘛，不要把水给你的兄弟们喝，除非他们愿意承认你继承王位的优先权，并愿意让你任何时候举剑都比他们高出一掌长度[2]。"

尼尔当即照办，焦渴的王子们为了喝水，应承尼尔可以优先继承王位，并与尼尔定下誓约，永远不背叛或反对他和他的子孙。

第二天，一行人回到王都塔拉。当他们举剑的时候，尼尔比其他人举的都要高出一掌；坐下的时候，尼尔总是居中；国王问询他们打猎的经过，也是尼尔先开口回答。蒙芬德见了心下生疑："为什么不是最年长的布莱恩先说话？"众王子回答："我们已经承认了尼尔的优先权。"西斯坎闻言说道："你们可是把爱尔兰的王权永久地赋予了尼尔和他的子孙！"蒙芬德虽然痛心疾首，无奈木已成舟。由是，尼尔和他的子孙们世代君临爱尔兰，历经二十六位国王，直至多纳尔之子迈尔谢赫纳[3]。

---

2 亦即表示臣服。

3 殁于 1022 年。

康勒离世记

Echtrae Chonnlai

这个故事的场景设定在公元初年，在已佚失的公元7世纪手稿《雪岭集》上已有记载。《雪岭集》成书于爱尔兰东北部的修道院，故事中自然也带有基督教信息，例如对基督福音来临的预言。但故事主题和行文风格则透露出浓重的爱尔兰本土文化印记，用语华丽晦涩近于本土诗歌，"离世"主题更是西欧基督教文学所未见。

红发康勒是"百战百胜的孔恩"之子。一日在伊什涅赫山上的王宫里，他正坐在他父王的身边，一位身着奇装异服的女子突然出现他眼前。康勒问："女士，你从何处来？"那女子答道："我从那永生之地来。那里的居民从不知道什么是死亡、罪恶和暴力。我们不需劳作，每日便享受无尽的宴席。我们相处友善，从无争端。我们住在一座巨大的仙丘中，因此我们又被称作'仙人'。"

　　事实上，除了康勒自己，没有任何人看得见这位女子，却只能听见她的话语声。因此孔恩惊奇地问她的儿子："吾儿，你在跟谁交谈？"

女子说："他正在跟一位年轻高贵的女子说话，她永远不会衰老死亡。我心早已归属红发的康勒，因此我想召他与我共赴那快活原。永生的博阿达荷是快活原之王，自从他即位，治下从来无人悲伤，无人哀叹。跟我走吧，红发耀眼的、颈上点满可爱雀斑的康勒，你的发色如火，脸庞红润，一派王者风范。倘若你跟我前往，你将永葆青春，你将美丽如初，直至那预言中的审判末日。"

在场的人都听到了女子这番说辞。孔恩忧心忡忡，既惊奇于看不见的女子的法力，又担心儿子会被其迷惑一去不返。于是孔恩对他的术士克冉说：

"出众的歌者、有大能者克冉，我请求你帮助！她居然敢向我提出这蛮横要求！可是我既无办法又无能力抵抗这法术；自我登基以来，还是头一遭碰见这种难题。那未知力量要借着邪恶的手段拐走我的儿子，我却看不见她。要是真刀真枪的公平比试，我孔恩奉陪到底，可是她完全不按常理出牌！你要是不想个办法，康勒就要从你的国王眼前被女人的魔咒生生夺走！"

术士应下，便念动咒语，盖过那女子的声音，众人便不再听见她讲话，康勒也看不见她。然而当那女子撤退时，她向康勒扔了一个苹果。接下来的一个月，康勒粒米未进，滴水不沾，仅靠着吃那个苹果，就免于饥渴；而且无论他怎样啃咬，那个苹果总是完整无缺。那一面之缘已让康勒心中燃起了对那女子的熊熊爱火。

一月过后，康勒随父王出行到阿尔柯温平原，又看见先前那女子出现在他面前。她唱道："康勒身居高位，广受短寿的凡人爱戴，却不能逃脱可怖的死亡，可悲！可悲！现在永生者邀请你——特斯勒的居民每日看见你，被亲朋好友簇拥，在你故乡的聚会上威风凛凛，英姿非凡。"

孔恩听见这个女子的声音，立刻召来术士："我看她的舌头又脱缰了！"女子回敬说："百战百胜的孔恩啊，请不要迷信法术，不久，那至高至伟的王将会派来一位智慧正直的贤哲，他将带来全新的律法，和大批能行奇迹的使者。他将克胜一切术士的咒语，挫败变化多端的魔鬼法术。"

孔恩转身问他的儿子："那女子的话让你心动了吗？"康勒回话说："我真个是进退两难！我深爱我的人民，可是内心又渴求这女子。"女子又唱道："让我来为你排忧解难！你的内心早已响应大海的呼唤，向往着扬帆远行。乘上我的水晶船，驶向博阿达荷的和平之乡，你心中的焦躁将被安抚，你梦中听见的浪涛将会成真！现在日已西沉，尽管路途遥远，我们今晚就能到达。没有人行过我们的家园，心里不充满喜悦！在那里，人们不分种族，无谓姓氏，只有妇人和少女。"康勒随即一跃而起，奔上她的水晶船。他的族人眼睁睁地看着他远去，速度快得双眼几乎无法跟上。他俩向着夕阳落下的方向航去，渐渐没入波涛起伏的酒红色大海，消失在灿烂的海平线上。从那以后，人世间再也没有康勒的半点消息。

蒙甘的身世

Compert Mongáin

蒙甘（Mongán）意为"（拥有出众）头发（的人）"，在史上确有其人，殁于公元625年。他的父亲拜旦之子菲亚赫那在史上则更有名气，曾作为爱尔兰北部达尔利亚达王国的国王在位三十多年，其间打过不少著名的战役，甚至有史家认为他曾征服过爱尔兰大部分地区。然而现存关于蒙甘的故事基本上都是富于神话色彩的短篇，在源于北爱尔兰的手稿《雪岭集》里面占有重要地位。《雪岭集》现已不存，只有晚期手稿中的节录引用让我们得以一窥这部公元7世纪手稿的部分面貌。在这些故事中，蒙甘被赋予了神明的出身，尤其是跟海神李尔之子曼纳南有关；有时他又被认为是史前英雄的转世，或拥有超常的寿命。这些早期故事的语言风格跟之前的《康勒离世记》类似，极端简洁，缺乏描写和抒情，或许仅仅记录了故事的摘要，而真正的故事则由讲述者在口头表演中即兴加上大量细节。

蒙甘的父亲国王菲亚赫那在不列颠岛上有一位重要的盟友，伽弗兰之子埃旦。埃旦给菲亚赫那送信，让他前来驰援。原来，埃旦正在跟盎格鲁-撒克逊人作战，对方阵营中有一位罕见的力士，给埃旦的军队造成了严重伤亡，埃旦自己也不幸丧命。菲亚赫那正渡海赶往战场的时候，留在家里的王后迎来了一位访客，是一位相貌堂堂，气质出众的陌生男子。

　　由于国王已经率众出征，城寨里没有留下几个人，也就没人注意到访客的到来。这位男子直截了当地跟王后提出要求，让她与他私会。王后回绝说就算送给她全世界的珠宝珍奇，她也不会做让丈夫荣誉蒙羞的事情。

这男子便问她，如果是为了救丈夫的性命，是否愿意私会。她回答说，如果国王身陷险境，她也许会做任何事情拯救丈夫。于是男子说："那就从了吧！你的丈夫的确身陷险境。敌人那边有一位非凡的武士，他将与之搏斗，却不能胜过，还会命丧其手。如果我们共赴床榻，你会怀上一个男孩，他将会名扬四海，作为菲亚赫那的子嗣永远被后世铭记！"

他又说："我会在明日第三刻钟打响的战斗中出场，我会找到你的丈夫，并以身挡在他跟撒克逊武士之间。我还会向你的丈夫解释一切原委，告诉他是你派我前来相助。"

事情就这样成了。第二天两军冲锋时，他们突然看到一位出众的男子一马当先，冲在埃旦和菲亚赫那军队的前头。他奔到菲亚赫那身边，告诉他前一夜跟王后的对话。然后他策马向前，砍杀尽敌军的武士，菲亚赫那和埃旦的军队凯旋回师。不久，王后产下一子，就是菲亚赫那之子蒙甘。

菲亚赫那感谢妻子为他做的一切，她也将事情和盘托出。据说，这孩子出生的时候，他就吟了一首诗：

让我回归故里，
纯洁的晨光照耀
造访你的男子人称
李尔之子曼纳南。

因此蒙甘又叫作李尔之子曼纳南之子。

蒙甘成人后称王，居住在爱尔兰北部林内平原[1]的王寨。诗人福尔高前来拜访，每晚为蒙甘讲一则故事，从萨温节到贝尔汀节[2]。蒙甘慷慨地赏赐他大量的珍宝和食物。

一日，蒙甘让诗人给他讲弗萨兹-阿格恰合的故事。福尔高说他是在伦斯特的杜夫萨尔被杀的，蒙甘说他说的不对。诗人这下可生气了，因为对古代传说的准确记忆是诗人声誉和生计所系，被公开反驳不仅丢脸，而且有丢掉饭碗之虞。于是福尔高威胁说要作诗讽刺蒙甘和他的祖宗十八代。他还要诅咒他领土上的河水，让整条河里的鱼虾死绝，诅咒树林和平原，让果实谷物再也不能生长。

蒙甘为了平息他的怒火，让他随意挑选看中的珍宝。蒙甘先是许给他值七库瓦尔的财物，诗人毫不动摇，于是蒙甘又依次许给他十四库瓦尔，二十一库瓦尔，三分之一的国

1 现安特里姆郡。
2 5 月 1 日。

土，一半的国土。最后，蒙甘答应把他拥有的全部东西都送给诗人，除了他自己和王后的自由。

　　谁知诗人什么都不要，就只要王后一个人。蒙甘出于荣誉和社稷的考量，只好答应了。王后哭个不停，而蒙甘安慰她说或许会有救兵。转眼第三天就到了，诗人耀武扬威来到宫廷索要赔偿，蒙甘让他等到日落。王后眼见自己就要被掳走又毫无转机的迹象，不禁号啕大哭。

　　蒙甘说："别哭了！来救我们的人已在路上，他正在拉弗林河洗脚呢！"他们等啊等啊，王后还在哭。蒙甘又说："别哭了！来救我们的人已在路上，他正趟过美尼河呢！"他们等啊等啊，王后还在哭。蒙甘便说："别哭了！来救我们的人已在路上，他正踏过劳恩河、基拉里湖、晨星河、苏尔河、巴罗河、利菲河、波茵河、迪河、纽里河、王寨前的拉尔尼河[3]！"

　　夜幕降临时，蒙甘还端坐在他的王座上，王后在一边掩面低泣。诗人下了最后通牒，索要他的赔偿。说迟那时快，卫兵通报有人来访，是一位伟岸丈夫，全身裹在罩袍里看不清楚，只有手里握的一杆丈八长矛粗壮无比。

---

3 从爱尔兰西南到东北的各条河流。

这汉子用长矛一撑地，就跃过了三重城墙，恰好落到蒙甘和诗人中间。"是怎么回事？"这人问道。"我跟这位诗人打了个赌，"蒙甘说，"他坚持说弗萨兹-阿格恰合是在伦斯特的杜夫萨尔被杀的，我说他错了。"这新来汉子高声应和："诗人错了。"

福尔高不服："你是什么角色，只有亲历过这场战役的古代英雄，才有资格说我错了。""没关系，"那汉子说，"我可以证明给你看。"他转向蒙甘，"那件事发生的时候，我们就在你身边啊，芬[4]！"蒙甘忙给他使眼色："嘘！别让别人知道！"那汉子便改口说："我们就在芬的身边。"

"那时我们在这里碰上了弗萨兹-阿格恰合，就在拉尔尼河对岸，我们打了好一场仗。"那汉子接着说，"我猛掷一杆长矛，穿透了弗萨兹-阿格恰合的胸膛，长矛势头不减，一直插进地里，现在矛头还在土里埋着，我手里这支就是当年的矛杆。"

"弗萨兹-阿格恰合的墓碑就在我杀死他的地方，他被放在石棺里，连同他的一双银手环和银项圈一起下葬。墓碑上刻了欧甘铭文，写着'这是弗萨兹-阿格恰合之墓，凯尔切

---

4 芬是爱尔兰传说中古代漫游武士团的首领。

在一场跟芬的作战中杀了他'。"他们按着汉子说的去找，果然一切如他所说。原来这汉子不是他人，就是芬的养子凯尔彻，他从阴间赶来相助蒙甘，也就是芬，只不过蒙甘不愿别人知道。故事到此为止。

帝王堡大屠杀

Orgain Denna Ríg

这个故事早在公元12世纪上半叶成书的《伦斯特之书》手稿里就有记载。该手稿搜集了大批爱尔兰东南部伦斯特地区早期王朝的史料，包括详尽的家世谱系，对早期国王的雅颂和若干与伦斯特古代历史有关的故事，最早的或能追溯到公元6世纪。帝王堡位于现在爱尔兰卡洛郡（Carlow）巴罗河（Barrow）西岸高地，其环形夯土围墙及壕沟结构今日犹可见。

帝王堡大屠杀是怎么回事？不难回答。"刻薄鬼"科夫萨赫是伦斯特布雷加地区的国王，乌甘内大王的儿子。乌甘内大王还另有一子，即全爱尔兰之王莱古里-洛尔克是也。科夫萨赫妒嫉兄长莱古里得到了全爱尔兰的王权，日夜受妒火折磨，变得形销骨立，恶毒薄凉，是以人称"刻薄鬼"。

　　科夫萨赫生怕自己命不久矣，便心生毒计，请莱古里来见他最后一面。正当莱古里走进厅堂时，一只鸡折断了腿。科夫萨赫说："我已经完了，失去了健康，财产也散尽，连你也来欺负我，把我的鸡腿给弄折了。"他好心的兄长心想：

"这可怜人真病得不轻，这等糊涂也不能怪他。"科夫萨赫又说："你明日再来，我应已撒手人寰。请你为我送丧立碑吧！"莱古里当即应允。

等莱古里走了，科夫萨赫便叫过他的妻子和管家，吩咐说："明日跟国王假传说我已死，把我放进一架马车里，在我手里藏好锋利的刀片。等我的兄长来哀悼我，扑到我身上痛哭时，我就给他点厉害瞧瞧。"果然如此，第二天莱古里为自己的兄弟难过不已，伏在假死的科夫萨赫身上痛哭，后者冷不防伸出匕首，从下而上一刀刺透他的心。这还不够，科夫萨赫又设法毒死了莱古里的儿子阿里尔，从而独揽伦斯特的王权。

阿里尔遗下一子默哑[1]。也许是幼年遭受的变故所致，默哑人如其名，直到长大都不会说话。一日，默哑跟同伴在场上击球，一支球棍不慎打中了他的小腿，默哑吃痛大喊"这可真够受的！"同伴们纷纷惊奇："默哑开口了！"从此拉弗里[2]便成了默哑的新名字。

又到了每年塔拉大会的时节，国王科夫萨赫召集人民聚

---

1 有别的版本声称，科夫萨赫把阿里尔剁成肉酱喂给尚为幼儿的默哑吃。

2 "labraid"，意为"开口说话"。

在塔拉山上宴飨游乐。众人大快朵颐之时，诗人们站在场地中央比赛诗艺，赞颂各位王亲贵胄。

科夫萨赫问道："谁是全爱尔兰最慷慨好客的人？"出乎他的意料，诗琴手克雷福琴答道："是拉弗里，春天我去拜访他，他宰了自己唯一的一头公牛来招待我。"诗人菲赫特涅也说："没错，拉弗里是我们认识的人中最慷慨好客的。冬天我去拜访他，他把最后剩的一头母牛也宰了来款待我。"

科夫萨赫勃然大怒道："好哇，既然你们这么钦佩他，就跟他一道滚得远远的，别让我再看到你们！"于是一行三人被放逐出爱尔兰，流浪到西方默尔卡人的国度，其国王斯科里亚斯大度地收留了他们。斯科里亚斯有一女莫里亚斯，被视为掌上明珠。在为她找到相适的丈夫之前，斯科里亚斯对她看管甚严。王后从来不离公主身旁，连睡觉也不曾把双眼同时闭上。可是公主恋上了拉弗里，两人商量好了一个计策。一晚在欢宴过后，克雷福琴弹起催眠曲，让众人沉沉睡去。拉弗里越过熟睡的王后，蹑手蹑脚直奔公主的卧房。

王后醒来之后，发觉大事不妙："斯科里亚斯，快起来！

你听，你女儿现在的呼吸已经不再是处女的声音了！那是情人离去之后的叹息啊！"斯科里亚斯也爬起身，大喊："找出是谁干的！我要杀了他！你们这些巫师和诗人如果不把事情搞清楚，就全部要掉脑袋！"拉弗里挺身而出说："好汉一人做事一人当！"斯科里亚斯转怒为喜："既然如此，那就干脆定了这门亲事吧，我把女儿嫁给你，辅佐你重夺伦斯特的王位！"

于是两人纠集大军，开到科夫萨赫的都城帝王堡要塞之下。伦斯特诸王经营这要塞已久，要攻打殊为不易，还是诗琴手重施故技，弹奏起有魔力的催眠曲让守城士兵陷入沉睡，大军才一举攻破了城池。新王后莫里亚斯觉得用手塞耳不雅，结果跟守城士兵一样沉沉睡去，直到三天后才醒来。

拉弗里夺回了都城和王位，可是科夫萨赫实力犹存，败退到他原本的封地，拉弗里也无力乘胜追击，两人便暂时言和，但仍视对方为眼中钉。不久，拉弗里设下一道毒计，假意要商订和约，请科夫萨赫前来。当然，这是一场鸿门宴。

原来，拉弗里令人特制了一座房屋，屋顶、墙壁和地板全部用铁打造而成，没有窗口，然后用草和灰泥伪饰起来。

参与的所有工匠被严令保守秘密，夫不传妻，父不传子，所以有谚语说："伦斯特人的秘密比人口还多。"

科夫萨赫应邀前来，还带着三十个下属的贵族。可是这老狐狸生性多疑，要求拉弗里的老母亲和他最宠信的小丑作陪进屋。拉弗里的小丑向国王要求让自己的子孙世代再不为奴，而他的母亲则出于对儿子的爱毅然前往。

拉弗里迎来了科夫萨赫，而后者看见拉弗里的母亲和亲信先进了房子，也就不觉有诈。拉弗里为他们叫来充足的炉火、酒水和食物后，便找了个借口溜出了房子。刚出了门，他就下令让埋伏四周的兵士关紧大门，拖出藏好的铁链把整座房子捆了个结实，用大石柱顶住唯一的房门，然后烧起藏在房子底下的一百五十口锅炉，每口锅炉由四名壮丁不停地鼓风，直到把铁房子烧得通红。

里面的人叫道："拉弗里，你的母亲还在里面呢！"而拉弗里的母亲答道："别管我，儿子！牺牲我一个，成全你的荣誉，我反正也活够了！"

就这么铁房子里的人，科夫萨赫、三十个贵族，还有七百随从，连带拉弗里的母亲和小丑，全被烧成了灰烬。这场鸿门宴就在圣诞节前夜，为此诗人诵道：

基督殇后三百年
手足残杀尤可悲
科夫萨赫害亲兄
随后命丧侄儿手。

此乃奠定伦斯特之后三百年王朝根基的帝王堡大屠杀。

豕数原之战

Cath Maige Mucrama

豕数原（Mag Mucrama）这个怪名字来自爱尔兰古代传说。据说在基督教来临前的英雄纪元，爱尔兰西部康纳赫特的王座位于克鲁胡，即现在罗斯康门郡的图尔斯克（Tulsk）附近。在阿里尔国王和媚芙王后统治的时代，克鲁胡的古墓地下冲出了一群来自仙丘的野猪，个个披毛长牙，力大无穷，把庄稼蹂躏一番又回到古墓里去。如此反复多次之后，康纳赫特的田地几近荒废，民不聊生。爱尔兰人视石器时代的古墓冢为通往神灵世界的渠道，自然不敢做出掘坟这样的事情。人们尝试在野猪出洞时将其射杀，却无功而返，甚至无法数清到底有多少野猪。国王与王后亲自率领大军，乘坐战车一路追赶猪群，仍然不能追上。眼看猪群又要逃脱，媚芙从战车上一跃而起，竟然抓住了最后一头猪的后腿。然而这猪丝毫没有减速，反倒活生生褪下了后腿的皮留在媚芙手中，自己绝尘而去。说来也奇怪，尽管没杀死一头猪，可人们马上就可以数清野猪的数目了。这仿佛破去了猪群的魔力，它们回到地下后再也没有出现过。由此，媚芙抓住猪皮的地方便被称作"豕数原"，在现今高威郡中部。

光阴如梭，又是数百年过去。芒斯特国王，又一个叫阿里尔的，萨温节在一座山丘顶扎营。破晓时分他起床，发现原本的绿茵草地不知怎的变成了光秃一片。他好生奇怪，便叫上自己的诗人一同宿营。到了半夜，从山丘地下的古冢拥出一群牲口，仙丘的国王与公主弹奏着乐器带着牲畜在丘上吃草。诗人早有预算，从埋伏处杀出，用矛把仙王一下捅了个透心凉，而阿里尔则把公主按倒用强。公主在反抗中把他的耳朵咬了下来，从此他就得名"秃耳"阿里尔。

　　一日，阿里尔的儿子埃奥罕和养子卢赫斯前去拜访舅舅，爱尔兰之王阿尔特。路上他们听见一处瀑布边上的红豆杉里传出了美妙的乐声。他们循声而去，发现树洞里居然坐着一个琴手，是为此前被杀的仙丘国王之子。埃奥罕和卢赫斯为了谁该拥有这个俘虏争执不下，找到阿里尔裁断。阿里尔命令琴手表演音乐，他先弹奏了一段哀乐，每个在场的人都哭泣不止；他又弹了一段喜乐，每个人都笑得满地打滚；最后他弹了一段催眠曲，大家当即都陷入熟睡，直到一天后才苏醒。琴手便趁机逃跑，但他已经在人们心中种下了不和的种子。

果然，埃奥罕和卢赫斯醒来后互相埋怨，仍为谁该得到琴手争吵。卢赫斯说："是我先听到的音乐。"埃奥罕说："是我先看到的琴手。"阿里尔判定琴手归埃奥罕所有，卢赫斯便叫道："你偏袒埃奥罕！少有公平的裁决从你唇间吐出！"埃奥罕也勃然大怒："你怎敢如此不敬！你一介属臣之子竟敢妄言犯上！""我虽只是属臣的儿子，却会砍掉你的头颅，践踏你的脸颊！一月之后我们沙场相见，看我如何报仇！"

卢赫斯夸下了海口，却心知不是埃奥罕的对手，便跑去跟他的弄臣商议。这弄臣长得跟卢赫斯一模一样，自愿代替卢赫斯出战。一月后双方会兵，卢赫斯一方很快败北，弄臣被杀。埃奥罕起先准备收兵凯旋，却瞥见逃兵中有一个家伙虽然看不清面目，小腿却雪白，一看就知道是贵胄子弟，心下生疑，追上去一箭射中小腿。卢赫斯虽然吃痛，为了保命居然勉强逃脱。

卢赫斯连同几个残部流亡到苏格兰，隐姓埋名投奔苏格兰王麾下当佣兵度日。他再三告诫属下不可透露身份，以免被苏格兰王处决。可是他们几人在佣兵中能力相貌分外出众，不像是寻常百姓，苏格兰王早有疑心。一日卢赫斯与国王对弈，忽然信使从爱尔兰来，讲到埃奥罕当了芒斯特王，压迫卢赫斯的族人。卢赫斯不禁脸上变色，尽管强作镇定，却手指发颤，碰倒了好一片棋子。这下苏格兰王大致猜到了他的身份。

为了进一步确认，苏格兰王召集这几个佣兵，给他们碟子里各放上一只带皮的死老鼠，威胁说要么吃掉，要么砍头。佣兵们面面相觑，脸色红一片白一片，谁也不敢先动。最终，卢赫斯长叹一声，拎起老鼠尾巴囫囵吞下。各人虽不情愿，也只好效仿。其中一个因为恶心差点吐出来，卢赫斯硬是按着尾巴把整只老鼠塞进他喉咙里。

这下谁是领袖昭然若揭。卢赫斯向苏格兰王坦白了身份，却惊喜地发现苏格兰王愿意出兵帮他夺回王位。卢赫斯率领援军浩浩荡荡杀回爱尔兰，一路所向披靡，直到豕数原。埃奥罕和阿尔特的联军早已守候在此，准备同卢赫斯一决高下。路上，埃奥罕拜访了一位高明的老术士，请他出山助阵。老术士看出埃奥罕命不久矣，便让自己的女儿与埃奥罕同房，怀上他的子嗣。老术士还算出此子诞生的良辰吉日，预言到如果于此时此刻降生，这婴儿将成为一代霸主，子孙世代为王。可是还没到预言的时刻，他的女儿临盆在即，为了儿子将来的伟业，她跑到河边，坐在一块石头上，硬生生地把婴儿压在里头。直到时刻来临，她才躺下把孩子生出，自己顷即气绝而亡（家庭观众请不要尝试！）。

卢赫斯在战场上提前布好了陷阱，埋伏下手持尖矛的精兵。到了决战日，卢赫斯与埃奥罕，以及双方的将领们各自捉对厮杀，两军也呐喊震天，杀在一起。剑锋刀刃砍在盾牌挡板上，激起的尘灰在双方头上聚成一股浓厚的白烟。更上面，是冲天煞气凝成的黑云，无数魔鬼在其中狞笑，准备把死者的灵魂拖下地狱。斧钺相斫，枪矛交错，激起震天声浪；开腹砍头，鲜血喷溅，伴随声声哀号。酣战过半，卢赫斯一声令下，埋伏的精兵杀出，爱尔兰联军登时溃败。埃奥罕和阿尔特皆被斩首，卢赫斯登基为王。这就是惨烈无比的豕数原之战。

疯子斯威尼

Buile Shuibne

在美国作家尼尔·盖曼的小说《美国众神》里，斯威尼是一个亦正亦邪、身材高大的爱尔兰人，手握一枚能给人带来好运的金币。这个角色毫无疑问主要脱胎于爱尔兰民间传说中的小矮妖形象（虽然他长得高）。然而疯子斯威尼在爱尔兰却是一个家喻户晓的悲剧人物，不仅有许多版本的民间故事传世，还有谢默斯·希尼（Seamus Heaney）基于这个故事写就的《斯威尼的流浪》（*Sweeney Astray*）。爱尔兰小说家布莱恩·奥诺兰（Brian O'Nolan，笔名为弗兰·奥布莱恩［Flann O'Brien］）也曾在其名作《双鸟渡》（*At Swim-Two-Birds*）中借用了斯威尼的传奇。

斯威尼其人在编年史或诸王家系之中都无迹可寻，却在故事中一再作为爱尔兰东北部一个小王国达尔纳拉迪（Dál nAraidi）的国王出现。这类失去神智脱离社会，然后与鸟兽自然为伍，举止疯癫之余又不时发出哲理感叹或深刻预言的人物形象，在世界各地的文学中均有出现。最著名者莫过于阿拉伯—波斯传统里的麦吉侬（Majnun）和威尔士传统中的"疯子"

梅林（Myrddin，很大程度上受了爱尔兰斯威尼传说的影响）。现存最早的《疯子斯威尼》完整版本大概作于公元12世纪，但是早在公元9世纪的一部手稿上，一首咏叹自然环抱中的修室的小诗就已经被归为"疯子斯威尼"的作品。因此这个故事早在中世纪早期，甚至可能在公元637年罗斯平原之战后不久，就已经开始流传。

（上）

　　"金发"罗南是一位高贵、虔敬的僧侣，他践行上帝的谕示，抵御尘世的诱惑。一日，他正在达尔纳拉迪王国的某个地方为一座新教堂打下地基，他的铃声远远地被国王斯威尼听见了。不信神的斯威尼问手下人这是什么声音，得知是罗南在建教堂，他顿时勃然大怒，马上冲出门去要把罗南赶走。王后爱奥妊拉住他的衣袍，让他三思后行，斯威尼气在头上，居然挣脱了衣袍，赤着身子上马奔向新教堂的所在。

　　斯威尼到的时候，罗南正手执一本精致的圣咏经，欣喜地高声咏诵赞美天主的词语。斯威尼一把夺过圣咏经，看也不看就丢进了旁边的湖水里，然后扯着罗南的衣领，不管对方的哀求，把他拖了出去。恰在此时，阿尔斯特王"斜眼"康噶尔的使者到了，大声叫住斯威尼，告诉他康噶尔请他出兵罗斯平原并肩作战。斯威尼闻言便扔开了罗南，径直跟着使者去提点兵马了。留下一身泥尘的罗南，为他丢失了的圣咏经难过，为自己和教堂所受的侮辱愤怒。

这时神迹出现了：一只水獭怀抱圣咏经从水里游出，用自己的皮毛保护着珍贵的手稿，居然一点都没有让它洇湿损坏。水獭把圣咏经交还给罗南，后者高声感谢天主，并诅咒斯威尼道："我希望斯威尼像他驱逐我的时候一样，永远赤身在世上游荡，再无家门愿意接纳，然后死于矛尖。我再诅咒斯威尼的族裔，他们将被摧毁，从此灭绝。"

罗南随后奔赴罗斯平原，居中调停"斜眼"康噶尔和战斗的另一方，爱尔兰之王埃斯之子多纳尔。可惜双方并不愿息兵。待到大战之日，斯威尼全副披挂上阵，盔甲罩丝，剑柄镶翠，好一派威风。他径直奔到阵头，看见罗南带着八个随从正在为军队洒圣水。待圣水洒到斯威尼头上，他以为僧侣们又在戏弄他，二话不说就抓起长矛，一下就刺死了罗南身边的一名随从。他再高举起长矛，这次直指向罗南本人，用尽全力掷去。万幸，罗南胸前佩着一副铁铃，矛头深深刺进了铁铃，余力未消的矛柄高高翘起，半天才落下来。

罗南大怒，再次诅咒道："我向上帝祈祷，这矛柄向天空翘起有多高，斯威尼就要离地多远；斯威尼是怎样残杀我的养子的，他就要遭受同样的死法。"

两军相遇，齐声呐喊，响亮的三声战号让天地也震了三震。斯威尼听到这三声呼喊在天地间轰隆回响，不禁一阵战栗，抬头望去，空中充满了暗黑的煞气，内里隐隐有一种不安、疯狂、令人作呕的气氛，只让他想要马上逃离熟识的一切地方，远远地躲到陌生的角落里去。若有人在旁观察斯威尼，会发现他指节发白，唇齿震颤，膝盖快要支持不住。他的心仿佛野马狂奔，五感均处于过载的麻木，他视线模糊，手中的刀剑啪地掉落在地。罗南的诅咒成了真，他像雀鸟一样突然拔地而起，在疯狂和谵妄中突奔而去。

他跑得如此之快，几乎脚不沾地，连一颗露珠也不曾碰落。他在一天之内，就跑遍了爱尔兰的大河森林、沼泽灌丛、高山峡谷，直到他来到艾尔肯山谷，找到一株古老的红豆杉作为落脚之处。

爱尔兰王埃斯之子多纳尔在罗斯平原之战中大捷，凯旋途中恰巧在这棵红豆杉下歇息。他的部众看见树上栖着一个形容怪异的人，毛发蓬乱，满脸泥垢，纷纷围拢过来议论。有人以为是探子，有人说是疯婆，直到多纳尔亲自认出是谁。他叹道："这是达尔纳拉迪的国王斯威尼，罗南在战斗那天诅咒了他，才变成这个样子。如果他能信任我们，我倒是愿意赏赐给他金银。可惜啊，康噶尔的大军最后也就剩下这么个疯子了。"

斯威尼在树上听得下面人声鼎沸，金戈交响，以为又是大军在前厮杀，慌不择路地一跃而起，从树冠跳到树冠，山尖跳到山尖，在岩缝里、树丛下、山洞中到处躲藏，最后不知觉间来到了波尔肯山谷。这波尔肯山谷是全爱尔兰的疯人最爱的去处：谷四处断壁挡风，林间冷泉淙淙，溪流涓涓，荇菜左右流之，枝头硕果累累。疯人们或坐或躺，踟蹰往返，或为采荇菜大打出手，反正无人干涉。

斯威尼在这山谷住了许久。一晚，他在一棵高大、缠满常春藤的山楂树上过夜。无论他怎么辗转，身下总有密密麻麻的刺扎穿他的肌肤，扯开他的皮肉。于是斯威尼又爬上另一棵树，结果树枝承受不住，直接把他摔到底下一大片刺莓丛里。斯威尼爬起来，全身上下没剩一处好肉。他叹道："我真不幸！这样过活已经一年了。"

他离开山谷，继续在爱尔兰各地游荡，风餐露宿，树栖穴居，居然又过了七年。一日，斯威尼回到了他原本的宫殿所在，此时这块地方早已没落，原本宴飨欢聚的殿堂沦为野狐蝙蝠的巢穴。斯威尼赤条条无牵无挂，倒也乐得与野兽鸟类为伍。偏偏这里还有他一个忠心耿耿的养兄弟郎沙罕，多年一直在寻找斯威尼的踪迹。郎沙罕发现了斯威尼到水边去采荇菜的足迹，沿着足迹又找到他在树间纵跃时折断的枝条，可是怎么也找不到他本人。

原来斯威尼经过一座磨坊，里面出来一个老妇人，看见这个嶙峋枯槁的疯子心生怜悯，招他入内给了他一点食物，于是斯威尼时不时就往磨坊去讨点吃食。这老妇不是别人，却是郎沙罕的岳母。郎沙罕追踪到此，问清了岳母斯威尼的动向，便披上老妇的披巾，装成岳母的样子等候斯威尼到来。抹黑时分斯威尼进了磨坊，正要讨吃的，突然看见了郎沙罕的眼睛，认出他来。他一惊之下，直蹦起来顶破了天窗飞跃而去。

斯威尼没有走远，而是去找发妻爱奥妊。爱奥妊已改嫁另一位国王古阿累，斯威尼摸到营地，坐在王后屋子的门楣上，说道："夫人啊，你还记得我们彼时互相分享的爱意吗？你现在的生活惬意，我可是受尽了苦头。"爱奥妊闻声出门，看见失踪已久的斯威尼这副模样，不禁泪水涟涟。然而这时候，国王打猎归来，营地吹起号角，人声鼎沸。斯威尼受了惊，又窜得不知去向。

（下）

　　斯威尼回到了最初栖身的那棵红豆杉，旁边教堂执事认出他来，想引他下树回归人世。斯威尼坚持说他只愿意听郎沙罕的话，于是郎沙罕被请来。斯威尼问道："我的王国里，可有什么消息？""有啊，"郎沙罕说，"你的父亲去世了。"斯威尼悲痛至极，大叫一声。"你的母亲也去世了。"郎沙罕又说。"世上所有不幸都落在我头上了！"疯子叫道。"你的哥哥、姐姐，还有你的女儿和儿子都死了。""啊，心头的针！肋下的伤！不可承受的重担！"斯威尼捶胸呼喊，晕倒落地，一干人等赶紧把他按住铐上，带回宫廷。

斯威尼徐徐醒转，郎沙罕才向他托出原来斯威尼的家人皆安好，只是为了抓住他才出此下策。斯威尼在宫中住了一月有余，渐渐恢复神智，人们解下镣铐，然而仍把他关在郎沙罕的卧室里，由一位老妪看守。一日，郎沙罕跟大家一起去收割，老妪本来受嘱咐千万不可跟斯威尼说话，却耐不住好奇，打听斯威尼疯癫时的见闻。"诅咒你的多嘴！"斯威尼说，"我经历过你无法想象的困苦。多少次我纵身一跃，跳过群山，跳过堡垒和山谷。""哪有人能跳那么远？"老妪质疑道，"要不，你给我跳一个看看？"斯威尼从床头一蹦到床尾。"这我也能跳啊！"老妪讥笑道。斯威尼使尽全力一跃，穿过天窗破屋顶而出，谁知老妪也学他一跳紧随在后。斯威尼给这么一激，疯劲又发作起来，像从前一样飞跃爱尔兰的山峦河川，老妪紧紧跟随。二人奔到北方的邓色弗里克，斯威尼拼劲一跃，越过了峭壁降落在一块孤岩上，而老妪技逊一筹，摔下了悬崖粉身碎骨。至此，这场比试才算结束。

斯威尼见此，自言自语道："我再也不能回到达尔纳拉迪的家乡了！我害死了这老妪，逃出了宫殿，郎沙罕要是再找到我，一定会杀了我。"于是他又飘荡到罗斯康门，蹲在一口古井上捞荇菜就着井水吃。一个女子恰巧来到井边取水，顺便打捞一些荇菜，疯子远远看见，惊得窜上了树，在上面大声呼叹："女人，你要是知道我的遭遇，就不会抢走我的荇菜了！我没有亲人疼爱，没有族人相助，荇菜就是我的牛肉，清水就是我的美酒，坚硬的树干就是我的朋友。你不采荇菜，今晚也不会饿肚子，而我再没有别的东西可以吃了！"

就这样斯威尼继续游荡，饥一顿饱一顿，以青苔为衣，天地为帐，直到他又来到发妻爱奥妊和她的侍女们居住的屋外。他叫道："爱奥妊，你过得倒舒服，我可没这般福气！""你说的没错，"爱奥妊答道，"进来避避风雨吧！""我才不要，"斯威尼说，"免得你的护卫把我堵在屋里逮住。""我说啊，斯威尼，"爱奥妊说，"你的脑袋是越来越糊涂了，要是你不想跟我们待在一块的话，就远走高飞，不要再来了。一想到熟识你原本面貌的人们看见你现在这个样子，我们就又心酸又羞愧。""好啊，"斯威尼叫道，"有谁听了这些话还会相信女人，他就是个傻瓜。我曾对这个无情地打发我的女人是多么温柔，还赠给她一百五十头牛和五十匹良马。要是在当年，我手刃费朗国王的那会儿，她肯定很乐意见到我。"

说完，他飞身跃起，轻盈如燕，悄如月光，在山顶高崖之间穿梭。一晚，他来到福尔吉山间，看见一副奇怪的景象：四处都是无头血红的躯干，或是飘浮空中的头颅，摇摇晃晃地行进在路上，发出凄厉的叫喊。它们经过的时候，斯威尼听见一个灰色虬髯的头颅在说："这就是那个疯子。""阿尔斯特来的疯子。"第二个头颅说。"好好跟着他，多久都不放松。"第三个头颅说。"一直跟到海边。"第四个头说。于是它们一起向他围拢过来。斯威尼大骇，拔地跃起，飞速越过一丛又一丛树木。虽然山谷宽广平坦，可他只挑崎岖尖利的山壁落脚。

　　四周的哭号恐怖凄惨，余音不绝，头颅们紧跟着斯威尼不放，在他身后砰啪作响。斯威尼使尽浑身解数纵跃，可是头颅们总有办法咬定了他，不时撞上他的小腿，或是后背，或是肩膀。头颅们碰撞树干岩石和地面，相互撞击发出的嘈杂之声，在他听起来仿佛是山洪呼啸着冲刷山体的声音。直到斯威尼放出绝招，一跳冲天穿越层层薄云，才好歹摆脱了这些怪头。

　　最终，斯威尼来到圣人莫林修行的僧院。时值早课，莫林正手持圣凯文遗下的圣咏经，朗读给学生们听。斯威尼当着莫林的面晃到泉水边，坐下来以手掬水，抓起荠菜就吃。

"可怜的疯子，这么早就开始吃东西。"莫林说，"欢迎你，斯威尼，命中注定你要来到这里，并在这里结束悲惨的生命。请你为我们留下你的故事和经历，我们会把你葬在教堂墓园，与圣人义士为伍。我请求你，无论白天飘荡到爱尔兰多么遥远的角落，请你务必每夜回来这里，好让我写下你的经历。"

于是接下来的一年内，斯威尼每个白天要么游荡到康纳赫特西部的波芬岛，要么到令人愉悦的茹里瀑布，要么到开阔美丽的米旭山脉，要么到永远阴寒的波尔谢岬角。然而不管他去到何处，他每晚总能赶在晚祷之前回到莫林的修道院。莫林叫厨娘从当天新挤的牛奶里留一份给斯威尼。这厨娘名叫穆尔基尔，她是莫林的猪倌蒙甘的妻子。因为斯威尼不敢近人，穆尔基尔是这样给他提供食物的：她找一坨最近的牛粪堆，在中间踩出一个深达脚踝的坑，然后把牛奶倒在坑里，斯威尼趁四下无人，就会趴在粪堆上吮吸牛奶。

一晚，穆尔基尔跟另一个女仆在挤奶场上起了争执，那女仆嚷嚷说："你说你从不勾引别的男人，可是呢，你对那个每晚来拜访的疯子，比对你自己老公还要上心得多！"猪倌的妹妹刚好经过，听到了这一席话。她等到第二天早晨，亲眼看见穆尔基尔把新挤的牛奶倒在粪堆里给在一旁灌木丛里等候的斯威尼。她跑去跟她哥哥说："你这个懦夫，你老婆正在那边的灌木丛里跟人私会呢。"猪倌听了妒火中烧，跳起来从武器架上抓了一柄矛，冲到挤奶场上。斯威尼正趴在那里喝奶，侧胁毫无防备地露给猪倌。于是猪倌用力一掷，长矛穿过了他的左乳，又从后背透出来。

莫林闻讯带着僧众赶来。斯威尼向莫林忏悔了自己当年的过错，领了圣体，涂了临终的油膏。[1]接着他转向猪倌："你太恶毒了，猪倌，你把我伤成这样，我想穿过灌木丛逃走都不行了。""如果早知道是你，我无论如何也不会下手伤你啊！"猪倌后悔地说。"基督在上，不管你听说什么，我都不曾做任何对不起你的事，只不过从你妻子那里得到一点牛奶。而且我发过誓，再也不会信任这个世界上任何一个女人。""你会得到赔偿的，斯威尼，"莫林郑重地说道，"只要我在天堂一日，你就会与我同在。"

莫林把斯威尼抱往教堂。斯威尼肩头刚靠到教堂的门

---

1 "圣体"指的是圣餐礼中的面饼，也就是说斯威尼最终接受了基督教信仰，受了临终圣礼祝福。

柱，便叹了一口气，结束了他流离多舛的一生。莫林带头，每位僧侣都往斯威尼的墓上添了一块石头，并将他常来喝水采荇菜的井以他的名字命名。这就是达尔纳拉迪国王，"驼背"科尔曼之子，人称"疯子"的斯威尼的生平和历险。

麦康格林的幻象

Aislinge Meic Con Glinne

古代爱尔兰虽然有不少关于圣徒和学者的故事，但是要论从这个阶层内部进行犀利地观察，嘲讽那些尸位素餐者，顺便添加进美食元素的，《麦康格林的幻象》可算得上是前无古人后无来者。这个故事大概成于公元11世纪，但描写的是公元8世纪一位穷书生和魔鬼、国王、主教斗智斗勇并成功逆袭的故事。从文学史和语言史的角度来看，这个故事里包含的大量诗歌以及它的语言特色都有重要的意义，但在这本书里，我们何妨只当读了个好故事，粲然一笑！

（上）

对每部作品都应该先问四个要素：地点、人物、时间和缘由。这个故事发生的地点是芒斯特，作者是阿涅尔-麦康格林，时间在芒斯特国王芬古尼之子卡萨尔的统治期间，而其缘起则是为了驱逐卡萨尔喉咙里头住的饕餮魔。

卡萨尔是个好国王，勇猛得像头猎犬，只可惜食量太过惊人。魔鬼撒旦住在他的喉咙里，把他吃的东西都自己吞掉，结果国王怎么吃也不饱。一口猪、一头牛加上一头一尺高的小牛犊，六十个纯麦面包，一瓮新麦酒，三十个麻鸡蛋，还有其他小吃，这些只是等待正餐时的开胃菜。至于正餐，他吃掉的东西就数不胜数了。

这饕餮魔是怎么来的？话说卡萨尔爱上了阿列赫国王麦尔顿的女儿丽格荷。丽格荷的哥哥福尔高继任为王，跟卡萨尔一南一北，争起了爱尔兰的霸权。丽格荷为了答谢卡萨尔的爱意，常常给他送去苹果和糕点。福尔高听说了此事，派术士暗中给苹果种了咒，再让妹妹把苹果送去给卡萨尔。卡萨尔不知是计，吃了苹果后，饕餮魔便在卡萨尔喉咙里茁壮成长。按照福尔高的计谋，不出三年，卡萨尔就要用他的无穷胃口把芒斯特糟蹋得民不聊生，到时候福尔高就可以称霸爱尔兰了！

这时候，在阿尔马有八位著名的学者，其中一位名唤阿涅尔-麦康格林。他才高八斗，却落得个"不得拒绝"[1]的名声，因为他极擅讽刺之术，任谁都受不了他滔滔如悬河的讽刺，所以没有人敢拒绝他的要求。

一天，麦康格林决定扔下书本去做诗人的巡游，因为苦读的日子太过清贫难熬。他正思索着该去哪里做他的首次巡游，突然想到卡萨尔正在伊微格半岛一带驻扎，这位国王素有慷慨的美名，一想到久违的大块肥肉，麦康格林的口水就流下来了。

---

1 爱尔兰语音译为"阿涅尔"。

于是麦康格林卖了自己那一点家当，换来两条面包，一片中间有一条白油的老咸肉。他把这些口粮装进书袋，用多余的皮子给自己造了一双尖头皮鞋。第二天，学者早早起身，披挂齐整，身穿一袭粗白袍，用一根铁别针别住。他背起书袋，手执一根疙疙瘩瘩的旧木杖，顺时针绕着圣墓转了一遭，又跟导师作了别，导师把福音书放在他头上祝福他。用了一整个星期六，他走到了科克教区的客栈。

客栈的门大开着，又正逢"三喜临门"的日子：风、雪、雨齐齐登门，穿堂而过把这豪华客栈里的垫草、炉火和铺盖从另一扇门全部吹走，里面干干净净，一点都不剩。床上倒是有一床卷起的被子，里面住满了跳蚤虱子。这也难怪，因为被子从未被摊开晒过。客栈里也有澡盆，就放在门柱边，里面除了昨晚的洗澡水，还有前个客人身上的老泥。

学者找不到人为他洗脚，只好自己在澡盆里泡了泡脚，又把靴子在里面涮了涮，将书袋挂在墙上，裹起被子倒头便睡。可是那里面的小生物就像海里的沙、五月的晨露、天上的星一样繁多，一起来叮咬他的腿。他虽又累又困，终究受不了，爬起来翻出袋子里的圣咏经，高声朗诵起来。

根据饱学之士和科克城的书籍所说，学者吟诵的声音传出科克城千步之外，借由圣灵神秘的襄助，让每个人听来都像从邻居的屋舍传来一样清晰。科克城的主教曼辛已经上床歇息，听得这吟诵声，问身边的童子："今晚我们的客栈有客人吗？"一个童子说没有，另一个却说片刻之前看见一个衣衫褴褛之人匆匆穿过草地进去了。"给他送去今晚的餐食，"曼辛吩咐道，"这人也忒懒，都不来取餐。"

于是童子给麦康格林端去了招待客人的膳食和柴火：一小杯取过黄油后的乳清水、藏在一扎麦秆中间的火种和两块未晾干的泥炭煤。童子走到客栈门前，看见里面黑咕隆咚，不知客人是否在里面，心下害怕，只把一只脚伸进去，问道："可有人在？"

麦康格林有气无力地答说："在这呢。"他见了主教招待客人的东西，赋诗一首：

> 科克城响遍温柔的钟声／她的沙子是酸的／她的泥土满是沙子／长不出一点食物。
>
> 我将不吃不喝／直到世界末日／直到他们遭受饥荒／燕麦[2]做的科克大餐——
>
> 你带来的饭菜／还不如一顿祈祷顶饱／吃这膳食的人真可怜／这就是我的话。

---

2 在古代爱尔兰，小麦是最高级的谷物，燕麦被视作粗粝低劣的食物。

童子回报主教，后者听懂了其中的讽喻，暴跳如雷："去，把那狂徒的衣衫剥了，拿马鞭狠狠抽他，直到他皮开肉绽，只是不要打断骨头。然后把他扔进河里泡够冰冷的泥水，再把他光着拖出来扔回客栈里，裹一晚满是跳蚤的被子，看他还敢不敢口出狂言。明天我正好要召集科克的僧侣开会，顺便给他定个罪。上帝在上，我们一定会判他绞刑，圣巴尔为我作证！"

于是麦康格林就被脱光、鞭打、抛进河里喝了一肚子泥水，然后被扔回客栈直到天亮。曼辛召集了科克的僧侣们来到客栈，呵斥麦康格林道："你个大胆小僧，昨晚竟敢侮辱教会！""是你的教会先侮辱我，给我这么一丁点东西当作招待。"麦康格林回应。"这一点就足够了，俗话说，有三种东西不能对教会抱怨：新收成、新麦酒和周六的晚餐。因为第二天周日是祈祷、礼拜和施舍的日子，你要是周六晚上没吃饱，大可以等到周日领施舍嘛。""我只不过发发牢骚，你们对待我也忒残酷了吧！""我对上帝和圣巴尔发过誓，不能再让你抹黑教会。"曼辛喝道。

于是群僧聚议，曼辛带头力主吊死麦康格林。这群学富五车、品德高尚的教士商议了半天，没有找到任何法律规定仅凭一个人的言论就可以将他处死。虽然如此，曼辛还是罔顾法律，把麦康格林带到外面的空地上准备吊死。

"主教大人，各位长老，临死前请满足我一个要求！"麦康格林嚎道。

"想要我们放了你？别做梦了！"曼辛说。

"我另有所求，但要得到你们的保证。"麦康格林说。

于是科克的僧侣们出了一笔款子，叫了见证人，保证他们会实现麦康格林的临终愿望。"现在说吧。"曼辛催道。"我的愿望是吃掉我随身带来的口粮，因为任何人都不应该饿着肚子被处死。把我的书袋拿来。"

麦康格林得了书袋，从中拿出两块干面包，一条老咸肉。他像做圣事一般，煞有介事地慢慢掰下面包和咸肉的十分之一，举起来说："这是我奉给教会的什一税。如果在场有比我更穷困的人比我需要它，请拿去！"

在场的所有穷人见了，眼睛都发出亮光，站起身来伸出手想去拿那点碎面包和肉屑。麦康格林假装吃惊道："上帝在上！我还以为科克城没有比我更穷困潦倒的人了呢！但是让我告诉你们：我昨天从罗斯康门一路走到科克，抵达后一口东西都没吃上，就被这群猪猡癞皮狗剥了衣服鞭打泡水，还蒙受不白之冤被判了绞刑。相信我，在座没有一个人比我更值得这十分之一！"

麦康格林一把把食物吞下，抹抹嘴，又吩咐道："我还渴着，让我喝水！"于是他被带到井边。麦康格林沾湿了长袍下摆，躺倒在地，举起湿衣服的一角握在拳中，慢慢挤了一滴水到嘴里。

见他不知什么时候才能喝完，守卫和众教士都厌烦透了。"曼辛啊，已经快要晚祷时分了，我们这一整天既没有做礼拜，也没有做施舍，自己连一口东西都还没吃上。别管这个家伙了，明天再吊死他吧！"众人求道。"不行！今天就要把他解决掉！"曼辛回绝。

"你们这群强盗、地痞！"麦康格林叫道，"我只不过要临死前吃顿鲜嫩多汁的肉排，喝顿甜美醉人的麦酒，穿上轻柔干爽的衣服，大吃大喝两个星期而已！""滚犊子！"曼辛说，"不过现在已经天黑了，大家又为你求情，我就大开慈悲，明天再吊死你。来人啊，把他衣服剥了，绑在木桩上让他挨一晚冻，当作绞刑前的开胃菜。"

这一晚奇迹发生了。上帝怜悯麦康格林，派下天使在他身边温暖他，并为他展示了一幅幻象。

第二天晨钟响过，主教带着僧众来看麦康格林，发现他并未冻僵。"你还有什么话说？"曼辛问。"我见了一幅幻象，"麦康格林说，"请容我道来。"

> 请祝福我们，尊敬的教士，学问之梁柱，
> 你是袋装蜂蜜之子、黄油之子、熏肉之子；
> 你的祖先是肥厚的香肠、弯曲的大葱、醇厚的肉汁；
> 你的家族是浓稠的燕麦粥，点缀着紫红的莓果和鲜嫩的白菜……

"别以为做一首歌颂我的美食谱系的诗就可以讥讽我。"曼辛嗤之以鼻。"绝无讥讽之意，大人，这仅仅是我昨晚看到的幻象的序曲。"麦康格林接着吟道：

> 我看见一幅奇景：
> 在一汪鲜奶的湖面上，一只猪油做的小舟；
> 划到对岸是一座辉煌的城堡，奶黄作墙，咸肉篱笆
> 我推开肉块做的大门，走进面包铺地的大厅
> 风干奶酪柱子，鲜乳酪作壁毯。
> 尽头是一座酒泉，鲜啤潺潺流淌。
> 雪白的油膏漫过池边，流到麦粒的大海上。
> 苹果树整齐成排，开满粉红的花。
> 果园和山之间，是大葱、洋葱和胡萝卜的森林。
> 主人身披牛油披风，颈上挂着奶酪项圈。
> 一口巨大的鼎，厨师手执肉叉……
> 芬古尼之子卡萨尔，他该多么喜爱这个故事！
> 关于鲜奶之海上航行的舰队，我乐意为他继续讲述。[3]

---

3 原文为数首长诗。

曼辛听了说："好极了！我昨晚正好梦到折磨卡萨尔的饕餮魔会被这样一幅幻象驱走。你去卡萨尔那里吧。""国王会给我什么奖赏呢？"麦康格林问。"放了你还嫌不够？"曼辛问。"我要的只不过是一件衣裳遮体，科克的僧侣却不愿意给。如果我成功了，我要你身上的袍子！""你可知道这件袍子对我来说有多珍贵？"曼辛叹道，"也罢，要是你真能治愈国王，拯救芒斯特，我就把袍子给你。"

（下）

.

于是僧侣们释放了麦康格林。他赶在卡萨尔前头，到了国王即将下榻的皮干领主城堡。麦康格林在城堡前使尽浑身解数逗乐、耍把戏、抖包袱，把大家乐得哄堂大笑，唯有皮干老爷在一边愁眉苦脸。不用说，这是因为卡萨尔要带着他的饕餮魔来访的缘故。

麦康格林问他："如果我能拖住卡萨尔，让他晚到一天，你会给我什么奖赏？""我会给你一枚金戒指和一匹威尔士骏马，还有从这里到科克每家每户出的一只绵羊。""要是你不遵守约定，我就让讽刺诗人四处传播对你的讽刺诗歌。"

皮干给了他保证。

卡萨尔甫一抵达，鞋带还没解开，就抓起席上的苹果往嘴里塞。麦康格林在桌子的另一头把嘴咂的啧啧有声，他也没有注意。于是麦康格林搬来武士们磨刀剑用的石头，一头抵在膝上，另一头放在嘴里，啃的吱嘎作响。

卡萨尔终于注意到他。"你是怎么回事？"国王问。

"有两件事困扰着我。第一，看见您这样一位伟大的君主独自进食，让我心都碎了。其次，要是有远方来的使臣向您请求礼物，却发现我们俩的胡须没有同时按着咀嚼的韵律晃动，一定会耻笑我们的。"麦康格林说。

"说得没错。"卡萨尔说完，扔给他一个苹果，同时往自己嘴里塞了两三个。（在饕餮魔缠身的三年半之内，国王从未如此慷慨，居然赏给穷学者一个野苹果！）

"两种学问总比一种好。"麦康格林说。

国王再抛给他一个。

"三位一体的数目！"麦康格林说。

国王再抛给他一个。

"以基督起誓，福音书有四部！"麦康格林说。

国王再扔给他一个。

"摩西五经！"麦康格林说。

国王再给他一个。

"第一个能被自己的所有组成部分整除的数就是六！[1]"麦康格林说。

国王再抛给他一个。

"世间的王曾被预言七件事：受孕、降生……"麦康格林说。

国王再抛给他一个。

"福音书的天国八福，哦，全能权柄的主！"麦康格林说。

国王再扔给他一个。

"天堂的九个等级，哦，全世界的征服者！"麦康格林说。

国王再扔给他一个。

"人分十等，哦，国土的保卫者！"麦康格林说。

国王再抛给他一个。

"出卖主后使徒的不完全数目！"麦康格林说。

国王再扔给他一个。

"尽管犯下了罪，使徒们的全部数目！"麦康格林说。

国王再扔给他一个。

---

1 数字6是最小的完全数，它所有的真因子（1、3、3）的和，恰好等于它本身。

"胜利中的胜利，基督加使徒的数目！"

麦康格林说。

"得了得了，以圣巴尔的名义！"国王叫道，掀翻了桌布，把苹果扔得到处都是，"再数下去你把我吃了吧！"他双目暴睁，气喘吁吁，把柱子都撞得七零八落。"陛下息怒！"麦康格林说，"我这么做，是因为我远道而来，却饱受科克的僧侣们欺凌。您作为芒斯特的国王，我以您的王权起誓，要向您请求一件事。""可以，是什么事？""您要先向我提供保证。"国王召来了皮干，让他为自己担保。麦康格林说："为了赔偿我受的折辱，我请求您和我一起斋戒一日。""天杀的学者，"国王说，"我宁可让每家给你一头牛、一磅银；不，我宁可给你整个芒斯特，也不要一天吃不上东西！"可是麦康格林说："我寻求的是天国的福祉，不是俗世的财富。陛下已经保证过的承诺，不可违反。"

国王只好跟他一起晚上守斋。第二天拂晓，皮干正要准备起床筹备早餐，被麦康格林拦住了。他说："守完一夜斋，现在是祈祷的时候了。"麦康格林做了一篇布道，为国王祈福，据说在场听者无不动容落泪。

"您感觉如何？"麦康格林问国王，对方有气无力地回答："不会更糟了。"闻此，麦康格林说道："这都是因为您喉咙里面的魔鬼作怪，那我们就再斋戒一晚。"

第二晚对于国王，可是七倍的难熬。又到清晨，麦康格林起身，吩咐给他端来多汁的咸肉、柔嫩的牛排、肥腴的羊羔、带巢的蜂蜜和盛在细瓷碟里的英国盐。肉端来后，他架起炭火，串上肉块，穿起围裙，在肉上涂抹均匀蜂蜜和细盐，娴熟地烤起肉来。

待到肉七八分熟，油脂四溢，香气扑鼻，麦康格林又让皮干取来绳索，把国王绑在柱子上。皮干知道他是为了帮助国王驱逐饕餮魔，就欣然应许。绑定国王之后，麦康格林搬来已经烤好的肉，盘腿坐在卡萨尔面前，取出小刀割一块烤肉，蘸一下蜂蜜，在国王鼻子前面转动一下，当着他的面津津有味地吃了起来。

"给我也来一口！"国王喊道。"好的。"麦康格林又切下一块，蘸好蜂蜜，在卡萨尔嘴边一晃而过，还是送进了他自己嘴里。"你还要折磨我多久？"国王问。"你已经胡吃海喝了三年有余，把芒斯特折磨得够呛，现在轮到我稍微塞塞牙缝，不行？"麦康格林说。卡萨尔号叫着，威胁要杀掉麦康格林，可是后者毫不变色。"我给你讲讲昨晚看到的幻象。"他一边往嘴里塞吃的，一边给国王又吟诵了一遍他在美食王国航行时看到的馋人幻境。

两天一夜粒米未进，此刻听着众多的美食描述，看着麦康格林大快朵颐，更让国王馋虫难忍。他喉咙中的饕餮魔被勾引着，慢慢就爬了出来，垂在卡萨尔嘴边舔着舌头。当最后一块肉烤的金黄，冒着油香晃过国王嘴边的时候，饕餮魔再也忍不住了，伸出爪子牢牢抱住肉块，冲出了卡萨尔的喉咙溜到角落里去享受独食，麦康格林眼疾手快，一把掀翻了铁锅把魔鬼罩在里面。

"上苍保佑！"麦康格林马上伸手掩住了自己和国王的嘴，差人把国王的脑袋用纱布裹起来，然后召集了芒斯特的众人前来观看。

魔鬼从锅下钻出，高踞在大殿旁边的树顶上。麦康格林说："大家把嘴掩好，仔细看了！这就是你们的老朋友。魔鬼，下来投降吧！"

魔鬼哧哧笑道："你确实是神佑之人，智慧和谦逊皆备，我就讲讲我的身世：我本是虚无形体的魔鬼，在卡萨尔喉咙里住了三年有余，就是为了摧毁芒斯特。如果再给我三年，我就能让整个爱尔兰生灵涂炭。可惜啊！要不是芒斯特的僧侣们如此智慧虔诚，如此纯洁诚实；要不是国王如此可敬英明，你也不会来到这里驱赶我！"说完，魔鬼便飞到空中，消失不见了。

"现在怎么办？"皮干问。

"那还用说？"麦康格林回答，"煮一大锅鲜奶，多多地加进黄油和蜂蜜，让陛下好好恢复元气！"

卡萨尔足足沉睡了三天，才醒转过来。"麦康格林呢？"国王一睁眼就问道，"我要好好奖赏他！"

国王下令，芒斯特的每家每户都要送给麦康格林一头牛、一只羊和一盘司银，每座教堂都送给他一件袍子，外加一枚金戒指、一匹威尔士骏马，以及他最想要的——曼辛的长袍。

据说，在新婚之夜听了这个故事的夫妇将多子多孙，永不匮乏；在新房落成之后讲了这个故事，将不会有人在屋内死去，锅碗将永远盛满食物；在战斗前听了这个故事的国王将旗开得胜。无论是开窖取新酒、王子设宴、继承家财，都应该讲述这个故事。

新婚夫妇、房主、国王、酿酒人、王子、继承者应当给讲这个故事的人如下奖赏：一头红耳白牛、一件新亚麻衬衫和一件带别针的羊毛外套。

卡里尔之子图安的故事

Scél Tuáin meic Chairill

诗人在世界之初便已存在，经历过无数变形活到今日，这类传说是爱尔兰和威尔士文学里一个显著的共同主题。前面故事里的蒙甘和神秘汉子从芬和绿林好汉的时代存活至今，而这个故事里的图安还有威尔士诗歌传统中的塔利辛（Taliesin）则据称是来自更加久远的过去，依次作为鲑鱼、水獭、飞鹰、树木等等活过一个又一个世纪，最后才以智者或诗人的形态现身讲述历史。为什么诗人要经过这些变形？简单地说，在爱尔兰和威尔士传统中，历史的真实性十分重要。为了支持口述历史的真切，最有效的方法是让讲述者亲身经历过自开天辟地以来的一切。他不仅要亲眼目睹，还要亲自变成世上的所有生灵，深入世界的每一个角落，这样才能无所不知。

不列颠的博学之士，圣芬尼奥携带着福音书渡过爱尔兰海，来到爱尔兰北部的阿尔斯特传道。他和随从抵达的地方有一户豪强，圣哲前往求宿，却被不敬神的豪强无情地拒绝了。随从们又饿又渴，精神沮丧，圣芬尼奥却泰然若素。他告诉随从们："会有一位贤人前来为我们接风洗尘，并且给我们讲述这座岛屿自从有人登陆以来的全部历史。"

次日早晨，果然有一位可敬的修士自远方迎来，邀请他们到他的修室做客。他们在那里做完礼拜日弥撒后，圣芬尼奥询问主人的家世身份，对方说："我是卡里尔之子图安。

贵客们，请先用餐吧！如果你们想听完我的身世再吃，那可就不知道要等到何时了。"图安娓娓道来：

"自创世以来，爱尔兰一共迎来了五波定居者登陆。大洪水之前，爱尔兰岛杳无人烟；直到洪水退去后一千零二年，希腊人的英雄，斯达尔布之子阿伽门农的儿子才历经千难万险，登陆爱尔兰。前来的共有二十四对夫妇，在随后的年月里繁衍生息，直到千人之众。可惜突然瘟疫肆虐，除了一个人之外，他们都染病身亡。您也知道，当灾难降临的时候，往往会有一个人死里逃生，把真相讲述给后人听，我就是那个人，真不知道是幸运还是不幸。

"我含泪以一己之力掩埋了所有的族人，开始在这座岛屿上孤独地流浪，到处寻找栖身之所，狼群每晚在我后面紧追不舍，为了逃命我只能不停搬家，从一座山到另一座山，一面峭壁到另一面峭壁。整整三十二年，爱尔兰也没有别人造访。岁月把我的肩背变得像峭岩一样僵硬，让我的腿脚失去了往昔的灵便，我再也无法时时搬迁，只好在荒野中找了个隐蔽的洞穴藏身。

"之后，我的叔叔们也登陆爱尔兰。我能从藏身的悬崖上望见他们，却没有前去相见：我发须粗粝，手脚长爪，满脸皱纹，身无寸缕，呆滞失神，承受着无尽岁月的悲伤。

"一晚，我睡着了，做了一个梦：在梦中我看见自己脱胎换骨，变成一头雄壮的鹿。一觉醒来，这居然成了真：我重新变得年轻、快乐，雄踞鹿群首领之位，一大群野鹿追随着我，自由地游荡在广阔的爱尔兰山林。就这样我又活过了许多年岁，直到我的叔叔们的子民又被疫病和灾害抹尽，直到内梅斯的部众登陆，再次繁衍出许多人口。那内梅斯出发的时候，带领着三十四艘船，每艘船上有三十个移民。他们在海上颠簸迷离了一年半，绝大部分的船员都死于溺水和饥饿，只有四对夫妇活着抵达爱尔兰。他们休养生息，扩大到四千零三十户人家，最后却又全部死尽。

"终于，我再一次在跟岁月的搏斗中败下阵来，不得不四处流窜，逃避人类和狼群的追捕。记得一晚，我站在一座山洞的入口，又一次发生了变形。我变成了一头野猪，迅捷、凶猛、势不可挡。我成为野猪群的首领，在爱尔兰大地上漫游。不时地，我会造访阿尔斯特，这里是我作为人时老去枯朽的地方，也是我两次变形重生的地方。

"史达莱之子瑟米昂占领了爱尔兰。他的人民分两支，达南族和口袋族。衰老侵蚀着我，令我的心灵蒙尘。我不再能跟猪群一起游荡，而是孤独地栖居在洞穴和峭壁之间。我回到最初的洞穴，禁食了三天，在虚弱之极的情况下，我又变成了一只游隼。我非常满意，心情高昂，展开丰满的羽翼，乘风翱翔在爱尔兰上空，知道了许许多多秘密。

"约旦能之子贝奥瑟赫特登陆，从先驱者那里夺去了这座岛屿，他们就是达南神族。当我作为一只游隼老去的时候，密尔的子孙又从达南神族那里夺取了爱尔兰。我以隼形滑翔，降落在一株横亘水面的树上。我已经无力飞翔，躲避着所有鸟类，心中充满了悲伤。

"我禁食了九日，变成一尾肥壮的鲑鱼落入水中。这是前所未有的体验，我充满生机和喜悦，在水中拨浪前行，无人能比。然而各种各样的危险等待着我：渔夫的长矛、鹰隼的利爪在我身上留下了累累伤痕。

"终于我老了，也累了，已经成为传奇的存在，爱尔兰每一位渔夫都知道有一条古老不屈的鲑鱼。上帝垂怜我，让我被捕获，进贡给国王卡里尔的王后。他们把我洗净、烤熟，王后一人把我吃掉后便怀了孕。我在母亲腹中时，周围每一个人说的话我都听得见且铭记在心；出生后，爱尔兰发生的大小事情都逃不过我的眼睛，于是我成了一位先知，获得了图安之名。后来，圣帕特里克带来了信仰。我已经非常衰老，但还是接受了洗礼，欣然接受了上帝的宗教。"

　　故事讲完，圣芬尼奥和随从皆啧啧称奇。他们又盘桓了一个星期，每日听图安讲述爱尔兰的历史和家世[1]。圣芬尼奥请图安搬去与他同住，然而图安婉然拒绝了。此后图安何去何从，再也无人知晓。

1　爱尔兰的所有历史故事据说都是从图安的记忆而来。

《伟大传统》之序言

Prologue to the Senchas Már

公元7世纪的爱尔兰迎来了文化上的黄金时期，其中一件大事就是汇编了法律《伟大传统》（*Senchas Már*）。大概在爱尔兰东北部，阿尔马的圣帕特里克教团和奥尼尔王朝联合起来把此前通行于爱尔兰的习惯法加以整理，汇纂成包括四十八部爱尔兰语法律文本的《伟大传统》。《伟大传统》约有三分之一的篇幅留存至今，加上后世的评述注释和其他法律文本，印成八开本总计有两千五百多页，是全欧洲中世纪俗众语言（非拉丁、希腊语）法律中资料最丰富的。在编纂的过程中以及编纂完成之后，这两大政治势力又加入了不少旨在擢升圣帕特里克和奥尼尔先王地位的内容，确立了上帝通过圣帕特里克授予奥尼尔王朝全爱尔兰王权的政治神话。这篇《序言》约在公元9世纪被追加到《伟大传统》书中，将整理习惯法的事业归功于公元5世纪的圣人贤王。

话说圣帕特里克成功击退了异教祭司，在人民面前大显神迹，使得全爱尔兰皈依天主正道。国王莱古里跟群臣一商量，决定请圣帕特里克前来参与疏理爱尔兰原有的法规风俗。圣徒还未到王庭，国王便向众人发问："这位教士向我们宣扬的新教化里面，你们觉得最不能接受的是什么？"众人答道："那自然是关于宽恕的观念。要是像这教士所说，人所犯下的罪恶都应该得到宽恕，那么坏人行恶还有顾虑吗？邻里之间岂非拳脚相向，烧杀抢掠，而不会受到惩罚？""那你们觉得该怎么办？"莱古里问。"陛下有何高见？"众人反问。"孤家倒有一计测试一下教士是否能言行一致：我们当着他的面杀掉他的一名随从，如果他能宽恕凶手，我们就遵从他宣扬的律法；如果他不愿意宽恕，我们就不遵从。众卿意下如何？"

于是当圣帕特里克从马车上下来时，国王麾下的一名武士努阿杜便突然举剑，砍死了圣帕特里克的车夫。好个圣帕特里克，突然遭此变故，鲜血溅上衣襟，却是镇定如故，眼也不眨，直望向天堂，也就是他神力的来源，低声祈祷。忽然间，地动山摇，山河变色，一场剧烈的大地震把所有人全部摔倒跪伏在地，个个被惊得面无血色。

这一来，莱古里跟众人再也不敢测试圣人的深浅，全部拜服在圣帕特里克的脚下乞求："圣贤饶命！圣贤饶命！您已经教给我们宽恕的道理，请您也宽恕我们！"圣人挥手让众人坐下。众人异口同声说："一切听圣贤发落！"于是圣帕特里克说："那好，我把此事交给爱尔兰的御前诗人、路噶尔之子杜夫萨赫裁断，因为他就是盛满圣灵智慧的容器。"

杜夫萨赫发言说："教士，您可真给我出了个难题。我要是说您不该因此获得赔偿，那就是冒犯了您的荣誉；可是我要是说应该惩罚凶手，索取赔偿，上帝又不会满意，因为福音书也说了，人应当宽恕其邻居犯下的罪过。"

圣帕特里克回答说："阁下不必多虑，您只需要开口判决，说出来的话就不是您自己的意见，而是圣父圣灵通过您的嘴在宣判。"圣帕特里克祝福了杜夫萨赫的嘴，圣灵便降临在他头上，诗人吟唱道：

> 不去惩罚恶行，就是堕入异端。
> 上帝把惩恶扬善，维护信仰的权柄交给异域来客。
> 不去惩戒罪行，洗礼便徒劳无功。
> 恶魔堕落之时，不能得到宽恕。
> 被上帝驱逐的罪人因为违反天条，将陷入死亡火海。
> 基督受难之后，在忏悔荒漠中的众人不可再犯奸邪。
> 我祈求上帝为我指明前路。
> 愿天堂的真理祝我在努阿杜的案件里彰显新律法之光辉。
> 杀人者须偿命，两种法律都以等报为原则。
> 我以我的面颊起誓做出公正的裁决，我的荣誉不会被燎泡烙印。[1]
> 我愿受洗追随圣帕特里克，让那犯下罪恶的手被如是惩罚。
> 人乃是按上帝形象塑造，杀人者必须偿命，
> 无论针眼般渺小还是贵为帝王，都不能使其免于惩罚。
> 神意启示通过我的诗艺宣判：故意杀人乃邪恶之举，我判处他死刑。
> 惩罚努阿杜并非为了处死他，而是出于天庭的怜悯。
> 两种法律都被遵守：罪犯被处死，而他的灵魂升上天堂。
> 从今往后，爱尔兰的律法确立：每人为其罪行受罚，以免岛上的邪恶滋长。

---

1 古代爱尔兰人相信做出不实判决或讽刺诗歌的诗人法官脸上会长出火烧过似的燎泡。

话音甫落，行凶者努阿杜立刻倒地死去，同时空中响起圣乐，花香扑鼻，众人一时目眩神迷，只知努阿杜的灵魂已如圣人所言，得到宽恕直接升入了天堂。

爱尔兰人皆信服赞叹。他们请圣帕特里克为他们确立和疏理全部的法律。于是从爱尔兰各处召来的所有智者学士，逐一向圣帕特里克展现他们的学识。众人一致推举杜夫萨赫主持整理工作。爱尔兰所有的诗歌，所有通行的法律风俗都被背诵出来供智者们一一过目，包括自然之法、先知之法和圣书之法。圣灵借由爱尔兰自古以来品行正直的人之口发言，就像上帝在旧约时代通过先知和族长之口预言。因为自从爱尔兰有人居住以来，直到基督教来临，诚实智慧的人担任法官和诗人，依靠自身的良知和圣灵冥冥之中的指引，为人民制定和守护法律，以保证社会的和睦公平。

杜夫萨赫把所有的本土法律呈献给圣帕特里克，只要是不与圣经中上帝的律法相冲突的，或者不违背良知的，圣帕特里克和爱尔兰诸王就决定保存它们作为有效的法律。本地法中绝大部分都属于各族共通的自然法，得以保留，再加上关于信仰、关于教会税收、关于教会与王权关系的立法，就成了《伟大传统》。

参与这次立法的有九位：三位主教，即圣帕特里克、贝尼努斯和卡尔尼赫；三位国王，即爱尔兰之王尼尔之子莱古里、阿尔斯特之王达力、芒斯特之王卢赫斯之子科尔克；三位学者，即杜夫萨赫、诗人弗格斯、法律专家鲁斯。自此之后，盖尔人的任何法官都不能更改经由这九人定下的金科玉律《伟大传统》。

雷奇之子弗格斯历险记

Echtrae Fergusa maic Léti

在公元7世纪末成书的《伟大传统》法律汇编中，第二部法律主要处理的是"扣押"制度（distraint, 爱尔兰语"athgabál"）。这部法律的开头数段以无韵诗写就，其中提到了一件古案，见证了扣押制度在传说时代的应用。这些诗句含义很晦涩，其中各种法律专业词汇也不好翻译，但大意如下：

> 三头奶牛，阿萨尔从努阿杜之子穆格之处赶走，用强力扣押，它们在波茵河谷的古冢顶上过夜。
>
> 奶牛逃走了，丢下牛犊不顾，它们的乳汁在地下拖出一条白路。人们跟随痕迹找寻它们……
>
> "百件条约"的孔恩拥有的土地，许多长角的家畜被从中攫走。
>
> 勇武的弗格斯赶走它们，作为对其严重侵犯的赔偿，
>
> 因为"黄唇"埃胡在他的保护下被杀。
>
> 朵恩被囚禁为奴，由于当着弗格斯面说出的真话而亡。
>
> 弗格斯对茹德里格湖发起了英雄式的进攻，
>
> 因为他的严重罪行赔上性命。
>
> 而争议的土地最后回归孔恩的子孙。

对于公元9世纪的法学家而言，这段诗歌提及的古案已经不再是家喻户晓的了，因此他们在手抄本的字里行间把故事的梗概用平实的语言记录下来。岁月流逝，古代的语言和传说变得更加晦涩，公元11世纪的法学家又为这些注释加上注释，最终流传下来的几部手稿中记录了下面这样的一个故事。后世关于小矮妖和尼斯湖怪的传说，说不定正由此滥觞。

上古爱尔兰有三大部族：芬尼、乌拉兹（即后来的阿尔斯特）和噶里尼（即后来的伦斯特）。芬尼部族有三位领袖角逐国王的宝座，即"百战"孔恩、"百件条约"孔恩和"黄唇"埃胡。埃胡虽然把"百件条约"孔恩打成重伤，但还是最终兵败，跑到乌拉兹国王、雷奇之子弗格斯的地盘请求庇护和结盟，并在那里盘桓了不少时日。若干年过去，埃胡以为对方已既往不咎，便回到芬尼的疆域打算讲和，谁知在半路被一干年轻人截杀。这些年轻人是何方好汉？其中有：

　　孔恩的儿子阿萨尔，为父亲受到重伤来报仇；安米尔之子布哲的四个儿子；还有布哲的女儿朵恩跟一个外国人生的儿子。

弗格斯闻讯大怒，因为埃胡被杀的时候还没走出乌拉兹的疆土，谋杀处在他保护之下的人就等于是对弗格斯个人荣誉的侵犯。于是弗格斯点兵遣将，杀向芬尼的王国要求赔偿。最终他的条件得到了满足，得到了三份价值为七个库瓦尔的赔偿，这与他作为爱尔兰一省之王的身价相符：其一是价值七个库瓦尔的金银财宝；其二是价值七个库瓦尔的肥沃土地，名唤尼斯[1]；其三是一个女奴，这个女奴不是他人，正是布哲的女儿朵恩，也就是其中一个罪犯的母亲。儿子仍然在逃，夫家又是外国人没有法律地位，朵恩只好以身代偿。她原是身价七个库瓦尔的贵妇，丧失的自由正好用以赔偿弗格斯。

弗格斯如愿以偿，签订了和平协议后就带着朵恩返回自己的王庭。路上他们经过海边，弗格斯感到疲乏，勒停了马车下来休息，在海岸边就地扎营睡了个午觉。这时候小矮妖们[2]从水里钻出来，悄悄除去了国王的佩剑，有的抬手，有的

---

1 "Níth"，即"争端之地"，位于今日劳斯郡的河谷。

2 "lúchorpán"，即后来英语的"leprechaun"。

拽脚，打算把弗格斯搬进水里去。小矮妖们还以为事情做得神不知鬼不觉，谁知弗格斯的脚刚碰到冰冷的海水，他就陡然醒了过来。弗格斯一手抓住一个小矮妖，胸膛底下再压住一个，大声喝问他们意图何为。

"一命换一命！"领头的小矮妖赶紧求饶。"那么，你们就要实现我三个愿望。"弗格斯说。"只要我们办得到，什么都行！"小矮妖们答应道。弗格斯想了一想，说："我要拥有你们能在江河湖海水下任意来往的能力。""没问题，"小矮妖的首领说，"可是有一个条件：万万不可进入你王国境内茹德里格湖的水底。"见弗格斯颔首应允，小矮妖的首领便给他一种药草，教他怎样把草塞进耳朵里，就可以在水底如履平地。[3] 也有人说小矮妖给弗格斯的是一件披风，包在头上就可以呼吸自如。

然后小矮妖首领上前吸吮了弗格斯的胸乳，捏住他的脸颊，要求他发誓完全饶恕他们。"这又是什么意思？"弗格斯问。"这就是我们表示事情公平解决的仪式。"小矮妖回答。从此这一习俗流传至今。

弗格斯得了这件宝物喜不胜收，常常在各种水底一潜就

---

3 另外两个愿望故事里没有再提。

是几天，完全不需要上来呼吸。终有一天，他逛到了茹德里格湖边，虽然想起小矮妖的告诫，但终归拗不过好奇心和作为国王的自信，直接跳进了水里。正玩得开心，迎面突然出现了一只湖怪，像鲸鱼一样巨大，像风箱一样一鼓一鼓，直瞪着他仿佛要把他一口吞掉。弗格斯吓得当场面瘫，嘴巴歪到了耳朵边，眼睛一大一小，眉毛直竖，好不容易才连滚带爬逃回岸上。

他见到马车夫，第一句话就问："我看起来怎么样?""丑死了，"马车夫说，"不过应该只是暂时的，睡一觉您就能恢复正常了。"于是疲惫不堪又受了惊吓的弗格斯倒头就睡。马车夫掉头回家，召集了王国的智者们，把国王的历险一五一十地告诉他们。在古代爱尔兰有个规矩，面目不端正的人是不能担任国王的。但是智者们商讨一番，觉得还是把事情掩盖住更好，当即颁下命令，让国王深居内室，平民一概不能见其面，以免多事无知之人当面指出国王的缺陷。另外国王洗头的时候要后仰，不能让他看见自己在水中的倒影。其他人则假装若无其事，居然也蒙混过了关。就这样过了七年。

有一天，弗格斯唤来使女给他洗头，正好是不幸的朵恩。弗格斯嫌使女手脚太不麻利，骂了她几句，又用鞭子打了她一顿。朵恩从贵妇沦为婢女，本就一肚子气，这下彻底豁出去了，指着弗格斯就骂，把他的面目歪斜数落了个够。弗格斯又惊又气，抽出宝剑把朵恩一斩两截，冲出宫门，挥鞭策马直奔向茹德里格湖。

整整一天一夜，茹德里格湖水都因为弗格斯跟湖怪在水底的殊死搏斗而沸腾不息，扬起的浊浪不停地拍打在岸上。最终，弗格斯从水底浮起，手里拎着湖怪的脑袋，用尽最后一丝力气向岸上惊骇的人们高喊："我是胜利者！"

随后他就沉下去死了，湖水被他们的血染红，一整个月都没有褪色。这就是雷奇之子弗格斯的故事。

故人奇谭

Agallamh na Senórach

成于公元12世纪的《故人奇谭》是一个充满了别离、消逝和追忆的故事。作者巧妙地设计了一个叙事框架，把此前流传于爱尔兰的诸多跟库瓦尔之子芬有关的故事收录其中。芬的故事群除了描述芬的身世、成长、战斗和历险，还塑造了一群追随芬在爱尔兰的广阔山野中游猎驰骋、纵情天地之间或是为国王效力的武士，即所谓的好汉团。在真正的中世纪社会中，好汉团可能主要由尚未成家立业、继承祖产的年轻男子组成。根据爱尔兰法律的规定，男子在14或17岁左右不再接受抚养。如果在此之前能分得父亲遗留或亲族共有的土地，则称为"中间屋舍之人"（Fer Midboth）。如果父亲未去世，或亲族没有多余土地供他成家立业，他可能留在父亲家中帮助农事，人身权利完全从属于父亲。有的年轻人则离家去参加好汉团，靠渔猎、劫掠或充当雇佣军维生，直至有地产可供其成家。可想而知，好汉团的生活是自由、放荡又充满手足义气的。也有的男子由于种种原因无法得到土地成家，便一直留在好汉团中过着游猎生活，顺便教导和带领不断更新的年轻成员。文学中的好汉团往往还有女性成员，演绎出许多浪漫或悲伤的爱情故事。

芬的故事群描述的就是这么一群寄情山水的好汉。也许是因为脱离了政治、历史和家系的指涉，这一故事群并不特别受中世纪早期爱尔兰文人的钟爱，很少在手稿上出现，但必定在民间广泛流传。《故人奇谭》作者的本意可能是为这些故事画上一个句号，把它们"招安"到基督教圣徒帕特里克的生平和爱尔兰各地的地名起源传说中。通过把故事设定在公元5世纪，作者指出芬和好汉们的故事已是逝去时代的绝唱。然而《故人奇谭》实际上却为芬的故事群带来了全新的生命：不仅这个故事被大量传抄，与之相联的芬的故事随后亦广为流传，成为中世纪晚期手稿上常见的主题。

这个故事篇幅颇长，且结尾已佚失，此处仅节选译出。

经过科马尔、格瓦尔和奥拉尔瓦三次战役后，好汉团的成员几乎折损殆尽。余下的人四处飘散，在爱尔兰的大地上流浪。在这个故事开始之时，古老的好汉团的首领中只有两人存活：库瓦尔之子芬的儿子欧辛，以及罗南之子克伦德胡的儿子凯尔彻，他们早已过了盛年，传奇的武艺也仅余回响。他们手下只有十六名部众跟随他们在福尔吉山脉的林间和花丛中风餐露宿。

一日，他们来到劳斯[1]，坐在夕阳的余晖中，人人都因为

---

1 "Lugbad"，意为"明媚的药草园"。

悲伤和绝望而低头不语。凯尔彻问欧辛："白日将尽，我们今晚能到哪里去投宿呢？""我不知道，"欧辛回答，"昔日芬的追随者里面，只有三人仍然在世：你我两人，以及卡瓦夫人。她看着芬长大，又亲眼目睹他死去。""今晚我们应该能从她那儿得到款待吧，"凯尔彻说，"毕竟无人能数清芬曾经送给她的礼物和财宝。他甚至把希腊公主莫里亚斯赠给他的角杯，名唤'昂格拉赫'的无价之宝，也送给了卡瓦夫人。"

卡瓦夫人欢迎他们前来投宿，并问他们是谁。听到他们的姓名，她不禁潸然泪下。他们互相询问自从上次离别以来，这些漫长悲苦的日子都是如何度过的，然后来到大厅，卡瓦夫人按照旧例备上丰盛的美食和陈酒。她最清楚在往昔的辉煌岁月里，人们是怎样盛情款待客人的；她也记得欧辛和凯尔彻最喜爱的食物。尽管她已老态龙钟，她仍然坚持陪坐在旁，与他们一同追忆好汉团的事迹。他们谈了芬的身世、欧辛之子奥斯卡的陨落、格瓦尔战役等等，直至夜深，回忆让每个人都陷入了晦暗的静默。

凯尔彻先打破了沉默，说道："回忆往事让大家心里都充满了痛苦，然而现在我们十八个人，往昔高贵忠诚的好汉团仅剩的成员，终须就此别过。"闻此，这群九尺男儿，连同卡瓦夫人一道，均放声痛哭。他们吃饱喝足，又盘桓了三日，才向卡瓦道别。临别时欧辛吟诗一首：

> 卡瓦垂垂老矣，人生日暮将尽；
> 无子、无嗣，独自承受晚年。

他们在卡瓦夫人屋外的青草地上拥抱道别，仿如灵魂离开肉身那般痛苦。欧辛投奔他母亲族人的仙丘"克雷杰赫之乳"，凯尔彻与数人行到流浪者贝格的河湾，现在德罗赫达的修道院。从那里他又到菲亚克之池，驻在波光粼粼的波茵河畔，然后跨过古老的布雷加平原来到红山脊上的要塞，刚好圣帕特里克也在那儿。

圣帕特里克甫抵爱尔兰，立志要让这座岛屿皈依天主。他正在吟唱圣咏经，并祝福红山脊上的要塞。他今晚要在那里过夜，却不知道许久以前，那里曾是芬和好汉们纵饮飨宴的所在。

他手下的牧师看到凯尔彻一行人，吓得魂不附体：这些古早时代的英雄们和他们的猎狗身形远比现世的人巨大。然而圣帕特里克是天庭的鲑鱼、尊严之支柱和人间的天使；他毫无惧怕，而是看出了这些远古英雄头上阴气恻恻，盘旋着大群的魔鬼。圣帕特里克往他们头上洒了圣水，把经年累月因杀戮和不信神而积累的魔鬼大军驱散到山间、岩隙和人迹罕至的远方，于是这些巨人们坐了下来。

"我的朋友们，你们怎么称呼？"圣帕特里克问。"在下乃罗南之子克伦德胡的儿子凯尔彻，曾是库瓦尔之子芬麾下一员大将。"众僧侣忍不住好奇地打量这群疲惫又威严的武士，因为即使他们就坐，个子最高的僧侣站着头顶也还挨不着这些巨人们的肩膀。"我想向您打听一些事情。"圣帕特里克道。"只要我的能力还允许，请随便问。"凯尔彻说。"您能否推荐一口附近的水井，井水足够清澈纯净，好让我为布雷加平原的人们施洗？""我正直而高贵的朋友，我恰好知道这么一处所在。"凯尔彻说。他挽起圣帕特里克的手，带他一跃跃过了要塞倾颓的城墙。就在城门九步以外，有一口清澈见底的喜人的水井，人们见了井旁厚厚的荇菜和青苔，皆啧啧称奇。

圣帕特里克又问："您曾经的首领，库瓦尔之子芬，他是个好人吗？"凯尔彻以一首短诗作答：

> 若林间纷落的褐叶是黄金，
> 若拍岸的雪白浪花是白银，
> 芬也会毫不犹豫，全部馈赠他人。

"是什么让你们如此长久地存活在世？"圣帕特里克问。凯尔彻回答说："心中的真实、手上的力气和一诺千金的诚信。"

"很好，我的朋友凯尔彻，"圣帕特里克说，"请告诉我，好汉团在爱尔兰和苏格兰无数的狩猎中，最好的是哪一次？"

"是在阿兰的那次狩猎。"凯尔彻说。"那是什么地方？""在盖尔苏格兰人和皮克特人的疆域之间，"凯尔彻回答，"每个八月，我们的好汉团都会组成三支队伍，到那里去尽情狩猎，直到布谷鸟在爱尔兰的树顶上开始鸣唱。世间没有音乐像从波涛上拍翅飞起的鸟群的鸣声那样甜美。在这座岛屿的近海，有一百五十群鸟儿，全部羽色鲜亮，底色是深邃清澈的钴蓝，其上黄绿相间。"说着，凯尔彻吟起了下面这首诗：

> 雄鹿遍布的阿兰，四面环海；
> 富饶的岛屿供猎手尽情享用，黑铁的长矛染成血红。
> 它的山巅游荡着无忧的鹿群，枝头莓果累累；
> 冰冷的山涧奔涌，幽暗的橡林结满果实。

灰犬和猎兔犬，黑莓与刺李；

树上缀满山楂果，林间鹿群漫步。

紫色地衣覆盖的岩石，青翠丰饶的牧场；

峭壁上城堡耸立，小鹿和鳟鱼齐跃。

肥硕的猪只散布草场，果园丰美难以置信；

榛果压弯了枝条，长船徐徐驶过。

天气和煦，鳟鱼潜伏在岸边；

悬崖上海鸥鸣叫，美丽永恒的阿兰。

"愿你所向披靡，凯尔彻，"圣帕特里克祝福道，"我们永远欢迎你和你的故事。"

圣帕特里克南望，看见一座巍峨的城堡。"凯尔彻，那是什么地方？"他问。"那是我在爱尔兰和苏格兰造访过的最骄傲的居所。""谁曾住在哪里？"圣帕特里克问。"爱尔兰之王，昂格斯之子'哑巴'卢赫斯的三个儿子，他们的名字是茹哲、菲亚哈和艾奥胡。""他们是怎么得到这么宏伟的城堡的？"

"有一天，他们去塔拉西北边的'祭司之墓'面谒他们的父亲。'孩子们，你们从哪里来？'国王问。'从南边"妇女悲泣之马厩"来，'他们回答道，'也就是我们养父母的居所。'

"这三位王子身穿鲜艳帅气的外衣：最年长的茹哲穿一件暗绿色的长袍；菲亚哈身上的外套镶的毛边是用'应许之

地'的魔法羊毛织成的；艾奥胡穿一件深蓝绸衣，用闪亮的白银镶边，外套胸口上别了一枚金别针。

"'孩子们，你们为何前来？'爱尔兰之王问。'我们前来向您请求疆土。'他们答。国王先是沉默了一阵，接着说：'我辖下的疆土并非继承自我的父亲，而是凭借自己的运气和血汗打拼得来的。我不会给你们疆土，你们要自己去开拓。'

"王子们到外面露水闪亮的草地上坐下，商量应该如何是好。最后他们决定要向仙丘底下居住的达南神族绝食请愿，求他们赐给自己土地和财富[2]。他们这么做了之后不久，便看见一位神采俊逸的年轻男子朝他们走来。这男子蓄两撇棕色胡须，浅金色的长发披肩，每绺发辫由一条几不可见的细细金丝束起，以免猛烈的海风吹到眼前遮挡视线。他脚上穿着亮银色的凉鞋，这双脚踏在草地上，居然不会惊动叶尖上挂着的露珠。

"他向王子们问好，后者也回礼致意。'您是谁，从哪里来？'王子们问。'从露水覆盖、光辉灿烂的仙丘里来。'

---

[2] 绝食请愿是爱尔兰法律规定的向贵族提出法律请求的方式，对平民则可以用牵走其牲口的方式。

那男子回答。'您怎样称呼？''在下"红衣"鲍德武，乃仙丘主人达格答之子。'他说，'仙丘之民早得到预兆，你们今晚会前来向我们绝食请愿，好得到土地和财宝。跟我来。'他们起身跟着男子走进了仙丘，三张晶莹剔透的水晶椅已经摆好等着他们。男子令人给他们端上来佳馔，可是他们并不吃。鲍德武询问原因，王子们说：'我们的父亲爱尔兰国王拒绝给我们封土，于是我们来向你们——也就是爱尔兰另一个领主——请求。'

"鲍德武闻此，举起手中光滑的水牛角杯大声道：'大家请安静。'仙丘的居民都安静下来，手执着各种金银珠宝做成的杯皿饮具，准备讨论如何对待爱尔兰的三位王子。达格答最年长和尊贵的儿子'黄发'密季尔先说话：'我们应当给他们三个女子，因为一切财运，无论好坏，皆来自女人。'于是密季尔的三个女儿：多伦、伊娃和阿丽芙，被许配给他们。'告诉我们，鲍德武，'密季尔又说道，'你还打算给这三个年轻人什么财宝。'

"'我知道。'鲍德武说，'在座的有一百五十名仙丘的王子，那就让每人赠给他们一百五十盎司的红金，我自己再加赠他们一百五十件色彩出众的衣着。'

"'我也要给他们礼物，'阿姆萨赫之子埃斯附和道，他来自海外的拉斯林岛。'我要给他们一个角杯和一口酒瓮。只要往瓮里倒进清泉水，它就会变成浓郁甜美的蜜酒；只要往角杯里装进沼泽的咸泥水，它就会马上变成葡萄酒。'

"'我也要给他们礼物，'这次说话的是芬那赫斯仙丘的李尔，'一百五十把宝剑，和同等数量的长矛。'

"'我也要给他们礼物，'达格答之子'年轻'的昂格斯说，'一座坚固、高大和气派的城堡，四周环绕着高耸的墙堞，里面有宽敞的日光室和宏伟的殿堂，可以坐落在科夫萨赫和塔拉之间的任意地点。'

"'我也要给他们礼物，'莫萨恩的女儿安妮说，'我的厨师，她被置于禁令之下，不能拒绝任何食物。她送出去的任何食物，最后都会回到她手上。'

"'我的礼物是我的乐师。''红衣'鲍德武最后说，'他名唤菲尔图尼。无论是武士交战，妇女生产，还是士兵刀剑相斫，听到他迷人的音乐，都会陷入酣睡。'

"爱尔兰国王的三个儿子在仙丘里度过了三天又三夜。

"昂格斯还叫他们带上欧乌纳树林中的三棵苹果树，一株正在开花，一株花朵刚落，一株已经挂满了果实。这三人依言开赴为他们准备的城堡，在那里幸福地住了一百五十年，直到岁月无可避免地让他们和城堡衰老倾圮。然而由于他们和彼岸世界的友谊，他们回到了仙丘里达南神族的身边，直至今日仍在那里。"

"亲爱的圣帕特里克，这就是你所询问的那座城堡的来源。"凯尔彻说。

"凯尔彻，我的朋友，请告诉我为什么我们脚下这座山丘被称作'美景山'？"圣帕特里克问。"我会告诉你，"凯尔彻说，"因为正是从这座山出发，好汉团的三支队伍奔赴温特里[3]的战斗。我们带上了长矛，矛柄上穿着有魔力的金环。临行前，芬四下眺望，说：'这座山真是一处美景。'于是它就得名了。"

"我们前去温特里打仗，在路上我们碰到了芬属下的一名武士，'勇猛、连伤百人'的凯尔。'凯尔，你先前在何处？'芬问。'在北方露水覆盖的仙丘。''你在这里做什么？''我前来跟我的养母，哲尔格之女穆伦相谈。''谈什么呢？'芬又问。'我做了一个梦，梦见我的新娘从仙丘来。

---

3 意为"白沙滩"。

她叫作克蕾婕，是凯里国王"白肤"卡尔布雷的女儿。''凯尔呀，你难道不知道这个克蕾婕是全爱尔兰最会欺骗的女人？'芬说，'从爱尔兰到苏格兰，没有几样珍宝不是被她蒙骗回家的。''你知道她给追求者设下了什么条件吗？'凯尔问。'我知道，'芬说，'追求者必须有足够的技艺，能为她赋诗，称赞她的金杯、银碗、贵重餐具和她的豪华宫殿。''诗我已经准备好了，'凯尔说，'我的养母穆伦帮我作了一首诗。'

于是我们抛下战斗，跟随凯尔一起去向克蕾婕求婚。我们翻过众多的山口和岩滩，来到爱尔兰西部的'军团之湖'，叩响了仙丘的门户，唱起了好汉团的战歌，把我们镀金的崭新长矛互相敲击。忽然间，一群婀娜柔美的金发少女出现在日光室的顶上，是克蕾婕亲自率领一百五十位女子来和我们商谈。

好汉团的首领向她问好：'我们来向您求婚。''是哪位想要向我求婚？''是"勇猛、连伤百人"的凯尔，涅夫南之子，伦斯特国王克里弗森之孙。''他的英名我们早有耳闻，'克蕾婕说，'然而百闻不如一见。他为我作的诗准备好了吗？'凯尔上前一步说：'准备好了。'

凯尔吟诵的诗歌赢得了克蕾婕的芳心，于是两人共度良宵，好汉团也在那里盘桓了七日，其间美酒佳肴、娱乐消遣从未停息。然而芬心里仍然记挂着侵扰温特里的敌人，待婚庆稍歇，就命令好汉团重新开拔。克蕾婕赠给每人一件贵重的大氅，与众人逐一道别。芬说：'你也一起来吧，这样我们就知道这趟旅途尽头是什么命运在等待着我们。'

于是克蕾婕赶着一大群牛跟随好汉团出发，一路上尽心尽力地照顾伤员，供给膳食。温特里的战役足足打了十七天。这十七天里，克蕾婕毫不吝惜财富和精力，照顾好汉团，一如凯尔毫不在乎自己的性命，表现得比好汉团里所有人都要更勇猛。

可是最后一天，悲剧发生了：凯尔紧追穷寇，不慎落入海中，被漩涡吞噬。他的尸身被海浪冲到岸边，与他同龄的飞禽走兽由于悲痛，纷纷倒地死去。

他的妻子和战友发现了凯尔的尸身，把他抬到温特里南面的滩头放下，如今这个地方唤作'凯尔之墓'。克蕾婕跑过来躺在他身旁，悲戚不已。'连蒙昧禽兽都毫不迟疑，赴死为凯尔陪葬，我有何面目独存世间，为爱人作无用的悲泣？'她注视着凯尔未暝的眼睛，缓缓唱了这首诗歌：

港湾悲歌

双船岬下暗涌血红，

岸边浪花声声

哀悼双秀湖的勇士溺亡。

白鹭凄鸣

响彻壮士岭下的苇滩，

狡狐掳去了巢中雏鸟

她却无能为力。

听那悲啼！

双栏山上的雄鹿彻夜不息

为它挚爱的伴侣守魂

美丽的母鹿倒地死去。

呜呼，凯尔吾爱！

卧我身旁，全无生机

浪头拍击着他雪白的身躯——

如此美丽，怎能不使我哀狂！

听那哭号！

潮水如泪淹没沙滩

正是这潮水吞没了英俊的勇士

抛下我去赴死亡之约。

克里弗森之孙离世而去，

残存的爱也离开了我的心。

他手刃过多少虎将，

如今只剩他的盾牌孤零。

　　随后，克蕾婕躺在凯尔身旁，心碎而死。他们被合葬在一座坟墓里。我亲手立起了墓碑，直到现在，人们还知道那是凯尔和克蕾婕的墓。"

"愿你所向披靡，凯尔彻，"圣帕特里克祝福道，"你的故事真是动人。我的书记员在哪里？""在这呢！"布罗坎应道。"请你如实写下凯尔彻讲的故事。"圣帕特里克吩咐道。

追捕哲尔默与格兰妮

Tóraíocht Dhiarmada agus Ghráinne

哲尔默（Diarmait）和格兰妮（Gráinne）都是爱尔兰人常见的名字，无他，全因古代传奇中这两人的悲剧太过有名。甚至在爱尔兰各地，都能找到所谓"哲尔默之床"的巨石结构——实则是石器时代居民留下的楔形石墓遗址，被当地人附会成哲尔默和格兰妮逃亡途中风餐露宿的过夜处。在这个故事中，库瓦尔之子芬一改其他故事中慷慨豪爽的好汉形象，被描述为一个好妒的老者。这个故事现存手稿众多，在民间口头流传也有不同版本，此处采用了最早的一个版本。

（上）

一个风和日丽的早上，芬早早起床，独自坐在绿草如茵的阿尔温山丘上，面对着寂静连绵的大地沉思。他身边既没有侍从，也没有亲兵，只有他的儿子欧辛和亲信多伦格。

欧辛问："父亲，您为什么这么早起身？"芬叹了一口气道："我这么早起身，不是没有缘由。自从你的母亲、'黑膝'噶拉斯之女麦内丝过世以来，我一直孑然一身，没有合适的伴侣，夜里常常辗转难眠。"

忠心的多伦格上前道："主公，我已为您寻到一位出众的女子，可以做您合适的伴侣。""她是谁？"芬问道。"是

'百战百胜'的孔恩之孙、国王科尔马克之女格兰妮，她是世界上最美丽、最优雅、最善言辞的女子。"

"妙哉，多伦格！"芬说，"只是我和科尔马克之间久有龃龉，恐怕我亲自前去求婚反招奚落。这样吧，你和欧辛代我前去，万一求婚被拒，我这老脸尚得保全。""我们会代您去的，父亲，而且在求得回复之前绝不会对别人透露半分。"欧辛说。

于是这两位出众的青年武士一路到了塔拉。国王正在举办集会，远近的人民都集结在塔拉山上赛马、宴饮、游戏，好不热闹。欧辛和多伦格也受到盛情的欢迎，而且科尔马克一看到两人，就知道必有要事，于是吩咐集会游宴改日再续，请两位进了内庭商议。

欧辛告知国王，芬派他们前来求婚，国王听了说："此前无论是王子贵族还是武士英雄前来求婚，都被格兰妮一一回绝了，结果大家却怪罪我不通情理。这样吧，我先不给你们直接的回复，还是先听听格兰妮自己意下如何，免得你们也怨恨我。"

于是国王带两人来到公主的闺房外，敲门问道："格兰妮，这两位是库瓦尔之子芬派来求婚的客人，你想要我给他们什么回复？"格兰妮答应道："父亲，您要是同意这门亲事，女儿也就同意您为我挑选的夫君。"

科尔马克笑逐颜开，于是备下宴席列出礼物，招待两人吃饱喝足后，嘱咐他们半月之后带芬前来塔拉相见。欧辛和多伦格回到阿尔温禀告芬事情始末，匆忙安排婚事，半月也就飞速过去了。

到了约定之日，芬带着七队绿林好汉，浩浩荡荡开赴塔拉。科尔马克早已在蜜酒厅备下宴席欢迎他们。众人落座，首席当然是科尔马克，他左手边是王后艾瑟妮，再过去就是格兰妮；右手边是库瓦尔之子芬、欧辛和一干好汉。格兰妮悄悄问她的宫廷术士："今夜芬亲自前来塔拉，所为如何？"术士说："您还不知道？他是来迎娶你为妻的呀！"格兰妮大吃一惊道："我还以为芬上次派人来，是为他的儿子欧辛求婚呢！我应该嫁给一个年纪相当的男子，怎能嫁给比我老这么多的芬呢？"术士说："殿下请小声！要是芬听见你这么说，他必定勃然大怒，你也不可能嫁给欧辛。"

"告诉我，欧辛旁边那人是谁？"格兰妮问。"那是勇武的戈尔。""再过去呢？""克罗赫尔之子凯尔彻。""再过去呢？""'夺命手'麦克卢赫，芬的外孙。""再过去那位容光焕发、声音甜美、拥有一头卷发和红润双颊的男子又是谁？""那是'白齿'哲尔默，杜夫尼的孙子，他是全爱尔兰妇人少女钟爱的宠儿。""好一支队伍。"格兰妮说。

格兰妮唤来她的侍女，让她把日光室里珍藏的那枚镶有宝石的角杯取来，斟满了美酒。"去把这杯酒递给芬喝，告诉他是我送的。"格兰妮说。芬接过侍女手中的角杯，喝了一口，递给旁边的科尔马克，便轰然陷入沉醉的酣睡。科尔马克也喝了一口，递给王后艾瑟妮，两人喝过也倒下睡着了。格兰妮又叫侍女把角杯端给科尔马克之子卡尔布雷和他的弟兄们，让他们一个个睡得人事不省。

格兰妮见这些人都睡着了，缓缓起身换座到欧辛和哲尔默之间，对他们说："我很吃惊，芬居然来向我这样年轻的女子求婚，我只愿嫁给跟我年纪相当的男子，他对我来说太老了。欧辛，你想要追求我吗？"

"我可不敢，"欧辛说，"你可是跟我父亲定了婚约的，我怎能跟你相好？"

格兰妮转向哲尔默说："杜夫尼之孙哲尔默，欧辛不愿要我，那你想要追求我吗？"

"我不想，"哲尔默说，"不管是跟芬还是欧辛定了婚约的女子，我都不能和她相好。"

"这样的话，"格兰妮说，"哲尔默，我将你置在禁令之下，如果你今晚在芬和爱尔兰之王醒来之前不带我离开这里，你将输掉每一场战斗，遭受妇女生产之痛，被水上恶灵缠身淹死。"

"女人，这禁令当真邪恶不幸！"哲尔默哀叹道，"为什么今晚在座这诸多英雄之中，你偏偏就挑中我？""哲尔默，我这么做并非毫无理由，"格兰妮答道，"那天芬带着你们前来，卡尔布雷和麦克卢赫正在比赛曲棍球；球飞过你头上的时候，你从座上一跃而起，抓起最近的球棍一击，球就飞过了整个球场。那天你一人就进了三个球，我坐在日光室里看着你，目不转睛，从此认定只爱你一个人，至死不渝。""全爱尔兰没有一个女子不愿意做芬的伴侣，你呢，格兰妮，却选了我。"哲尔默说，"可是芬拿了塔拉王宫大门的钥匙，我们怎么才能出去呢？"

"我们可以从日光室底下的暗门逃走。"格兰妮告诉他。"那不行，我被禁止走暗门逃走。"哲尔默说。"我听说每一位英雄都懂得踩着矛柄跃过城堡高墙的本领，那么我就走暗门，你跳出来之后跟我逃走吧。"格兰妮说完就离开了。

"欧辛啊，这禁令加在我头上，我该怎么办呢？"哲尔默问。"被加了禁令并非你的本意，"欧辛说，"我看你还是从了格兰妮吧——加上好好躲避芬的怒火！""你说呢，凯尔彻？"哲尔默又问。"我也会说跟着格兰妮去吧，毕竟违反禁令的下场会很严重。""多伦格呢？""你还是跟着格兰妮去吧，虽然你会因此丧命，拐跑爱尔兰公主可不是闹着玩的。"多伦格答道。

于是哲尔默叹一口气，站起来穿上盔甲，跟同伴们告别。大家都知道哲尔默这一去就是生离死别，洒下了蔓越橘般大小的泪滴。哲尔默爬到房顶，脚踩两柄长矛，大吼一声，使出"狂野之跃"的功夫，人仿佛轻飘起来，转眼就落在城堡外面的青草地上。

格兰妮正在外面候着他。哲尔默对她说道："格兰妮，这趟旅程当真不幸，你应该选择芬而不是我做你的爱人。现在我该带你去哪里好呢？"两人随便拣了条路前行，走了一段后，格兰妮说她累了。"你累得正好，"哲尔默道，"快趁现在回头，回到你的床榻上去休息吧，众人还没醒转，不知道发生了这许多事情。""我才不要，除非你把我送回去。"格兰妮答道，"这边是我父亲的牧马场，选一架马车，套上两匹马带我走吧！"

渡过香农河，哲尔默卸下马匹，在河两岸各留了一匹，以逃避芬的追踪。他带着格兰妮沿河而上来到"双愚之橡林"，在林中深处砍倒一圈橡树，做成一座七面墙的小屋，内里铺上柔软的灯芯草，和格兰妮歇息下来。

(中)

话说芬一直酣睡到第二天日上三竿才醒转，发现格兰妮和哲尔默不见了，顿时妒火中烧，下令捉拿这对私奔者。芬的好汉团本就习于野外生活和狩猎，追踪两人绝非难事。不消半日，芬的手下就回报说两人该是躲在双愚之橡林。欧辛、奥斯卡和多伦格听到芬纠集人马，连忙避到一边商议，要赶在前头警告哲尔默。他们派出芬的猎犬布兰，因为布兰对哲尔默要比对芬更亲。布兰十分善解人意，知道派它去的意图，一路飞奔到哲尔默和格兰妮的林中小屋。

布兰见了哲尔默，亲昵地把脑袋蹭在他的怀里。哲尔默被它唤醒，吃了一惊，告诉格兰妮芬的人马正在前来。

"那我们得了警告，赶紧离开吧！"格兰妮害怕极了，央求道。

"我不走。芬始终是要抓到我的，不如让他第一日就抓到吧！"哲尔默说。

这边，芬包围了树林，派出手下涅夫南的儿子们前去侦察。他们回报说哲尔默确实躲在树林里。"哲尔默选错了伴，"芬咬牙切齿道，"看他对我做了什么，我要让他加倍奉还！""您被嫉妒冲昏了头，"欧辛进谏道，"哲尔默发觉了您带兵来围剿，这片树林无险可据，他肯定早就逃之夭夭了！"

芬转向欧辛，直视他的双眼："我知道你的把戏，欧辛，布兰是你派去警告他的吧？没有用的，我马上就抓到他，让他为侮辱我作出赔偿！"

奥斯卡也说："您说得离谱了，芬，他远远听到这么多人追来，还怎么会留在树林里？"

芬没有搭理奥斯卡，而是向着树林喊道："哲尔默，你来评评谁说的对，是我还是奥斯卡？"

"你的判断力丝毫没有减退，芬，我确实在这里。"哲尔默说着，从树林中缓缓现身，臂膀里搂着格兰妮。当着芬和众人的面，他给了格兰妮三个亲吻。见此一幕，芬的妒火再也无法控制，下令要取哲尔默的首级。

芬的队伍里有一人名叫昂格斯，他是哲尔默的养父。昂格斯精通法术，能瞬间移形。他见事不妙，抢在众人行动之前，一阵烟似的潜到哲尔默和格兰妮背后，压低了声音对两人说："快，躲到我的斗篷底下来，我能施法术掩护你们逃走，不被芬的人马发觉。""你带格兰妮走，"哲尔默答道，"如果我能全身而退，就去找你们；如果我死了，请你把格兰妮带回她父亲那里，任他处置。"

于是格兰妮抓住昂格斯的斗篷一角，转眼间就到了"双巨柳坡"，现在唤作利默里克[1]。哲尔默回到屋内，穿戴好全身披挂，芬的人马已将他七面墙的小屋团团围住。哲尔默敲了敲第一面墙，问："谁在那儿？""我不是你的敌人，哲尔默，我是欧辛。快出来吧，我保证不会伤害你。""我不会出来的，除非墙外面的是芬本人。"哲尔默答道。

哲尔默连敲了六面墙，尽管每位好汉都承诺要保护他，可哲尔默偏偏要去寻芬。第七面墙外的人果然答道："这里

---

1 爱尔兰西部一城市。

是库瓦尔之子芬和四百佣兵，你要是出来，我一定要将你五马分尸。"

"请记住我的话，芬，"哲尔默说，"我一定会从你看守的那面离开。"说完，他把两杆矛往地下一撑，使出"狂野之跃"，身子便如柳絮乘风一般飘过大军头顶，落到包围圈外，转眼间就跑得不见踪影。

哲尔默寻到昂格斯和格兰妮的踪迹，跟到了"双巨柳坡"，两人正生起了篝火，烤着半爿野猪。哲尔默讲述了分手后的事情始末，三人便分食烤肉，各自歇息去。

翌日拂晓，昂格斯动身离去，离别前对哲尔默如是告诫："想要逃避芬的追捕，勿要躲在孤树上，勿躲进只有一个出入口的洞穴，勿登上只有一条路进出的岛屿。你在何处生火，就不要在那里吃食；你在何处吃食，就不要在那里睡眠；你在何处睡下，天明时就不要在那里逗留。"

哲尔默和格兰妮听取告诫，在河岸捕来鲑鱼烹煮，又渡到对岸吃鱼，再沿河而上找另一处憩息。第二日二人行到芬莱西沼泽边，碰上了一位相貌堂堂的年轻人。年轻人自报姓名穆阿丹，正在寻找一位武士做主翁。格兰妮说："哲尔默，你快招了他当侍从吧，不会再有别人帮助我们了。"于是穆阿丹做了哲尔默的侍从，为他们捕鱼生火，铺床放哨。

自逃亡开始，哲尔默并未与格兰妮同床过。相反，他每到一处，都悄悄留下一串未吃过的完好的烤肉，一来供芬追踪二人，二来向芬表示他未曾玷污格兰妮的清白。

哲尔默登上附近的山峰，极目四望，看见一条大船靠岸，一众武士登陆来到山脚下，正在格兰妮居住的山洞西坡下方。哲尔默过去问好打听消息，来人自称是横行英吉利海峡的三位海盗王，受芬之托来围剿一位胆大包天的凶徒哲尔默。他们带着三条刀枪不入、水火不伤的猎犬，还有一千精兵。为首的海盗王问："你可见过哲尔默？"

哲尔默答道："我见过一个人，他说昨天见过那家伙。"

"我们路上一个人都没见着。"他们说。

"你们船上可有酒？要是取来，我就给你们表演一个绝活。"哲尔默说。

一只大橡木酒桶被递到哲尔默手上，他与众人分喝了个精光，然后把酒桶扛上山顶，踩在桶上骨碌碌像风火轮似的滚下山来；到了山脚，他凌空转了个身，双脚又踩着酒桶把它蹬上山去，如是三个来回，哲尔默站在圆桶上稳如泰山。

众海盗齐声叫好，其中一个年轻武士也想挑战，来到山顶正欲爬上酒桶，哲尔默冷不丁绊了他一下，年轻人摔下来，酒桶从他身上碾过，碾得他五脏六腑都吐了出来，眼见是活不了了。哲尔默又把酒桶扛回山顶，另一人上来挑战，哲尔默故技重施，连压死了五十名海盗中的好手。

第二日，海盗三王又问是否见过哲尔默。哲尔默答："我见过一个人，他说今天见过那家伙。"说完，他脱掉盔甲只剩衬衣，把名为"曼纳南之胜利"的丈八长矛插在地上，矛尖朝上，后退了几步然后起跑、纵跃，使出"狂野之跃"，从离矛尖仅寸许的地方掠过。众人齐声叫好。其中一个海盗不服，也来挑战，却越不过矛尖，当场被刺了对穿。如是一个个海盗上来，又是五十个丢了性命。 第三日比空中接飞剑，再五十个海盗命丧当场。

哲尔默心知这套把戏玩不长久，对付那三条凶猛的猎犬也毫无作用，第四天清早就叫醒了格兰妮，告诉她追兵已经到来。三人离开山洞，去"蔺草山"边扎营。另一边，海盗们翻过山脊，碰见了芬手下的女信使"黑发"黛尔。黛尔见他们士气低落，队形散乱，吃了一惊，问道："哪个把你们杀的这样七零八落？"

"我们也不晓得，"他们说，"要是我们抓到那个混蛋，一定把他剥了皮。实话说，那人长得真不赖，一头金发，脸颊红润。""他什么时候走的？"黛尔又问。"昨天，他离开的时候承诺说今天要告知我们哲尔默的下落，结果一直都没来。""你们这群蠢猪，那就是哲尔默本人，赶紧牵上你们的狗去追捕他！"

三条嗜血的猎犬闻了闻，领着人们追到哲尔默和格兰妮此前住宿的山洞，又沿着气味一路跟踪到"葡草山"。格兰妮正递给哲尔默一柄小刀为她修甲，忽然听得远处人声犬吠，站起来望见山下聚拢了一支大军，为首的武士身披一面绿旗，手牵三条巨犬。格兰妮一见到这人便全身战栗，居然连手里的小刀掉落扎在腿上都没有注意。"怎么了，格兰妮？"哲尔默问，"看起来你对那人并没有什么好感啊。""我情愿自己从未对任何人有过好感。"格兰妮紧张地说。

三人转身便逃，可是其中一头巨犬已经追到身后。穆阿丹嘱咐两人先走，由他来抵挡恶犬。只见穆阿丹从怀里掏出一只小狗崽放在手上，待那恶犬扑到面前，张开血盆大口正欲咬下，那小狗突然跃入恶犬的喉咙，电光石火间便叼着恶犬血淋淋的心脏蹿出。恶犬仿佛迟疑了片刻，忽然间倒地抽搐了几下，喷出一大摊血就死了。

穆阿丹赶上两人，第二条恶犬又要追上。哲尔默说："这次看我用'红顿之矛'来解决它。"他回身屏息，猛然一掷，那杆矛不偏不倚正钻透了恶犬的喉咙，把那正欲跃起的畜生突然钉在地上。

没走多远，第三条也是最凶猛的猎犬向他们扑来，哲尔默挥剑欲砍，这畜生却娴熟地一闪一跃，越过哲尔默的头顶直奔格兰妮而去。情急之下，哲尔默顾不得兵器，伸手在空中抓住它的两条后腿，顺势转一个大圈把它甩向旁边的巨石，那恶犬天灵盖磕上石头，顿时脑浆四溅。哲尔默乘胜追击，掷矛刺死了绿旗武士，又把海盗的部队杀的落花流水，黛尔只身逃出了这片修罗场。

三人逃离了海盗的追击，继续流浪在爱尔兰的大地上。白天哲尔默猎鹿捕鱼，晚上穆阿丹生火煮食，食野味饮泉水，倒也自由自在。可是有一天，穆阿丹不作解释，就向二人告别，哲尔默和格兰妮千般挽留也无济于事。两人失去了旅伴，倍感孤单。他们往黑森林进发，格兰妮走累了，却再没有穆阿丹背负她。于是她鼓起勇气跟上哲尔默，用脚踢起小溪朵朵水花，对他说道：

"哲尔默，你在战斗中以一当百，从不畏缩，可是在我看来，这小小一滴水都要比你更有勇气。"

"说得没错，格兰妮，"哲尔默道，"这么久以来，我一直在保护你免于芬的怒火，可是我不能忍受你看不起我。唉，要对付女人，比上战场难多了！"

于是在那小溪边，皓齿的哲尔默让格兰妮从少女变成了女人。

黛尔回报芬说哲尔默把海盗们杀个精光，然后跟格兰妮逃得不知去向。这时候外面来了五十位武士，领头的两位尤其魁梧凶悍。他们自报说是来向芬求和解的，因为他们的父亲参与刺杀芬的父亲库瓦尔，自己却失败殒命。"我们可以和解，但是我要你们赔偿我父亲性命的价值。"芬说。"我们没有金银牲畜可以赔你，芬，"领头的汉子埃斯说，"但我们真心想要重新加入你的好汉团，就像我们的父亲和祖父一样。""我们不该向他们索赔，"欧辛劝道，"他们的父亲已经为这事丧失性命了。"可是芬说："没有人能加入我的好汉团而不赔偿我父亲性命的价值。这样吧，给你们两个选择，要不给我取来哲尔默的首级，要不每人取来一捧黑森林的花楸果。"

这花楸果是什么来历？原来上古爱尔兰达南神族赠给人

世一枚种子，从中长出了这棵花楸树。谁吃了它的果子，就不再受疾病忧愁困扰，就像喝了美酒一样飨足，百岁老人也会有二十岁青年一样的健康活力。达南神族派一位名唤沙尔万的力士守护这棵树，他力大无穷，刀枪不入，水火不侵，额头上一只独眼，只要被他自己手里的大棒击中三次，就会死去。他白天在树下看守，晚上就睡在树上，要绕过他偷到果子，那比登天还难，好汉团甚至不敢到那棵树方圆一里之内狩猎。

埃斯一行寻得哲尔默和格兰妮的踪迹，包围了他们的小屋。哲尔默惊醒，抓起武器问外面是何人。"昂格拉赫之子埃斯，我们是奉芬之命来取你首级的。你就是哲尔默？""我就是。""我们要不拿你的人头，要不拿花楸果去赔偿芬。""去采果子有何难？真是可惜了你们一身好本领。况且我知道你们的父亲就是芬杀的，他怎么还有脸问你们要赔偿？""难道你就有脸拐跑芬的女人？"埃斯反讥。

"你知道芬是怎么对待'灰蔺草'之子柯南的吗？"哲尔默说，"他也像你们一样，为了加入好汉团，被芬要求赔偿他父亲的性命，而柯南的父亲其实也是被芬杀死的。芬要他去杀臭名昭著的'长头蛟'。这恶龙原是芒斯特王子奇恩额头上一个肿包里生出的，由他的母亲塞弗养大，终至无法约束，吃人无数，把好端端的王都变作一座鬼城。柯南历经千辛万苦，杀了恶龙献头给芬，芬却要求更多赔偿。本来你们何罪之有？你们父亲去杀库瓦尔的时候，你俩还在母胎里。芬只不过想借你们之手除掉我罢了，这可并不比杀巨龙要容易！"

这时候格兰妮说道："哲尔默，你要是不帮他们拿到花楸果，我们就永远无法安睡。况且人们都说孕妇想吃什么都不能怪她，我现在也怀孕了，真的很想尝尝那花楸果。"

"我虽和沙尔万交好，得到他允许在花楸树附近狩猎，却不能采果子。你们都是要我违反和他的约定吗？"哲尔默责怪道。"我们和你一道去。"埃斯一行道。"万万不可，人多目标大，万一被他发现了，生死可就不由你了。"

于是哲尔默来到树下，踢了正在睡觉的力士一脚，沙尔万醒来问他所为何事。"我不想违反约定，可是格兰妮怀孕了，她想让我带一捧花楸果给她尝尝。""记住我的话，"沙尔万说，"别说是格兰妮，就是她的国王老父亲亲自来了，我也不会让他采果子的。""我可不想动粗，"哲尔默回答，"可是我今天前来，就一定要拿到果子，不管是好好商量还是兵戎相见。"

听了这话，那力士直起身来，高举起长如门板的重剑，往哲尔默头上连连劈砍，把他护身的盾牌砍成碎末一般。哲尔默瞅准力士挥剑的空档，一个滚地拾起自己的兵器，快速朝对方袭去，趁其不备，抓住了大棒的细头。沙尔万怒极，抓住哲尔默的脚踝抡到空中，哲尔默却趁机拉过沙尔万项上的铁环套进大棒尾端的铁环，借着转圈的势头让大棒狠狠敲在沙尔万额头上，连着三下，敲得力士脑浆迸裂，倒地而死。

埃斯等人见哲尔默降服了力士，纷纷从藏身处跑出来。哲尔默精疲力竭，吩咐他们把力士的尸身埋好，给芬带去他所求的花楸果。他想了想，又叫埃斯对芬说沙尔万是埃斯杀的。

埃斯回到芬跟前，照着哲尔默的吩咐说了经过，芬尝了一口果子，就知道其实是哲尔默战胜了力士。

昂格斯从中斡旋，总算让国王科尔马克出面，调停了哲尔默和芬的争端。哲尔默得到国王保证，芬和他的好汉团不再踏足哲尔默的家族领地，如是哲尔默和格兰妮安居下来，十六年再无滋扰，远离世事，两人生养了四儿一女。

（下）

一晚，哲尔默和格兰妮在城堡内已上床就寝，哲尔默忽然被外面的犬吠声惊醒，正欲下床查看，格兰妮抓住他询问。"真奇怪，我听见外面有狗不停在叫。"哲尔默说。"别去，"格兰妮说，"那是达南神族要为沙尔万报仇，设计引你出去加害，昂格斯警告过我们了。快回到床上来，别再理会了。"

哲尔默重新躺下，可是他听着犬吠声，再也睡不着了。他站起身来，格兰妮又拉住他请求他不要出外。哲尔默回到床上，刚刚睡着，犬吠声第三次把他吵醒。总算熬到天亮，哲尔默准备出发去查看犬吠声的来源。"你一定要去的话，带上曼纳南之剑和红顿之矛吧。"格兰妮嘱咐他。"不，我就去看看，只牵上我的狗'林之子'就行了。"哲尔默说。

于是哲尔默追着犬声，脚不停步，一直来到了古尔班山，发现芬孤身一人也在那山上。哲尔默见了芬，并不问好，只问他是否来这里狩猎。"是的，我本带着一班人马，然后我发现了一头野猪的踪迹，带着猎犬一马当先追踪它，猎犬却被那野猪撕成了碎片，剩我自己一个在这里。"芬说，"那是有名的古尔班山的野猪，经常在这一带肆虐。我的好汉团长期以来都在追踪它，可是这野兽神出鬼没。凶猛异常，已经累我折损了五十名好汉。看来我们只能放弃围猎，把这座山留给它了。"

哲尔默说他不会轻易把山岭拱手相让给一头猪。芬听了连忙制止他说："不可！你正好被禁止猎杀这头猪。"原来哲尔默的父亲顿当年把他交给昂格斯抚养，前去探望的时候，却发现昂格斯宠爱管家的儿子胜于哲尔默。顿嫉妒起来，把芬的两条猎犬放进大厅，趁管家的儿子躲到他身边的时候，把这无辜的孩子杀害了。

昂格斯的管家跑来找芬哭诉："我只有这么一个儿子，

你要怎么赔我？"

芬命人检查孩子的尸身，发现并没有狗抓咬的痕迹，一切便水落石出。管家向昂格斯请求说把哲尔默交给他，他也要亲手杀掉顿的儿子报仇。顿叫嚣道如果管家敢这么做，就把他的脑袋拧下来。昂格斯听了悚然，赶紧制止两人。管家拿出一根魔杖，敲了敲他儿子的尸体，这孩子活过来，变成了一头光溜无毛，也没有耳朵和尾巴的猪。管家说："现在我诅咒你，哲尔默，你的寿命将会和这头猪一样长，并且你将会亲手杀死这头猪。"

猪嚎叫着夺门而出，消失在山里，顿连忙通告众人，千万不能让哲尔默猎这头野猪。

"我还真不知道这回事，"哲尔默说，"但我还是会在这里守着，等它自投罗网。"

"你又是何苦呢？"芬问道。

"我来告诉你，芬，"哲尔默说，"如果命中注定我要和它一同死去，那就让我迎接我的命运。"

正说着，芬的人马追赶着野猪从山上冲下。哲尔默放出"林之子"，可是毫无作用，野猪一个转身就把它甩开了。"我真该听了格兰妮的话，带上最好的兵器。"哲尔默说。野猪迎面朝哲尔默冲来，后者抛出短矛，正扎进了野猪的前额，可是那野兽力气奇大，势头不减。哲尔默又拔出剑，砍在野猪头上，剑却断成两截。

已经太晚了，野猪已经冲到了哲尔默跟前，拱起了他脚下的泥土，哲尔默扑向野猪，正好面朝后跨骑在野猪背上，野猪又摔又跳，就是无法挣脱哲尔默的紧箍。一人一猪冲下山去，到了一道瀑布边，野猪来回跳了三次，还是摆脱不了哲尔默。于是野猪又冲上山顶，总算把哲尔默甩下了地。野猪兽性大发，用牙挑，用蹄踩，直到哲尔默肚破肠流。哲尔默拔出匕首从下面划破了野猪的肚皮，它的心肝脾肺都流了出来。这畜生使尽了最后一点蛮力，倒在哲尔默身上死去了。

芬和好汉们赶到山上时，哲尔默还有一息尚存。"我们能怎么救你？"芬问。"芬，你的手曾经碰过智慧之鲑鱼，"哲尔默艰难地说，"你的手捧来的任何饮品，都有疗伤的功效。""可是我身边现在没有任何可以喝的。"芬说。"你去取些泉水也行。想当年，芬，你可是在大厅里亲自为我斟酒啊！"

芬站起来，眼里露出冷酷的光芒："哲尔默，那是在你跟我去到塔拉，拐跑了格兰妮之前。你当着全爱尔兰好汉的面侮辱了我，从此你就是我不共戴天的敌人。"

"这不是真的，"哲尔默说，"不是我拐跑了格兰妮，而是她对我下了禁令，以我的名誉要挟。请你给我一口喝的吧！""我身边没有水。"芬说。"不对，你九十步之外就有一口井。"奥斯卡说。

于是芬跑到井边，捧了一捧水。可是还没回到半路，他就让水从指缝间漏光了。"求你了，芬，只有你能救我。"哲尔默说。芬又跑去捧了一捧水，可是他又想起了格兰妮，回到哲尔默面前时，水已经漏光了。"我发誓，你第三次再拿不到水，就别想活着从我们这里离开！"奥斯卡举剑喊道。

这一次，芬终于成功地把水捧到了哲尔默面前，可是他的嘴唇再也不能张开了，他的灵魂已经飘离了这多舛的躯壳。

见此一幕，好汉们发出了三声撕心裂肺的哀号。奥斯卡拔出剑就要去取芬的人头，欧辛拦住他说："一日之内，就不要连出两门丧事了罢，况且昂格斯很快赶到，他见了这个场景，保不准会以为是我们杀了哲尔默。"

格兰妮在城堡上远远望见芬和他的团队，便知大事不妙："若哲尔默仍然安好，'林之子'怎会在他们手上？"欧辛从芬手中夺回"林之子"的拴绳，交到格兰妮手上，她当即带着家丁到山上去寻哲尔默的尸身。

到了山上哲尔默葬身处，众人远远看见昂格斯已经先一步赶到，正抚着哲尔默的身躯恸哭。众人随昂格斯一道，发出了三声震天动地的哭喊，声音在山谷之间久久回荡。

格兰妮纠集起哲尔默的亲族，向芬挑战复仇，此乃后话不提。至此，追捕哲尔默和格兰妮的故事告一段落。

伽尔特南之子卡诺的故事

Scéla Cano maic Gartnáin

中世纪早期的盖尔文化圈不仅仅包括爱尔兰岛全境，还包括现在苏格兰的西部以及不列颠跟爱尔兰之间的曼岛（Isle of Man）。爱尔兰人可能早在公元3到4世纪就开始殖民海峡对岸的苏格兰西部；到了公元6世纪，横跨海峡两岸的达尔利亚达王国（Dál Riata）已经成为一支举足轻重的政治势力。这个故事就发生在公元6世纪晚期的达尔利亚达王国，其中大部分人物都有该时期的历史原型可寻，而主角卡诺则可能取材于公元688年逝世的一个国王。

伽弗兰之子埃旦和他的侄子——伽弗兰之孙伽尔特南为了争夺苏格兰的王位，爆发了激烈的战争，苏格兰几乎一半的男子都因为他们的争斗而战死。

　　伽尔特南住在莫库海因岛上，这座岛是西方世界里最美丽富饶的。在伽尔特南的时代，岛上处处用赤金装饰，每座房子都用红豆杉作护板，连厕所也不例外。伽尔特南本人有七百顷田地，七群牲畜，每群里有一百四十头牛；他有五十张打猎用的网和五十张渔网，每张网都有一条绳直接连到他的厨房，绳头上系着一个小铃铛。每当捕到肥美的鲑鱼，渔夫就会摇响铃铛，通知厨师烹饪美味的鲜鱼供坐在羽绒床上的伽尔特南享用，伽尔特南常常一边吃鱼，一边喝着蜜酒。

伽尔特南曾藏了一大瓮金银财宝在潮间线下。为了保守秘密，他甚至把帮他埋藏财宝的四位仆从杀害了，尸体抛进海里，于是除了他的妻子和儿子卡诺，世上再无人知道伽尔特南财宝的所在。

然而之后不久，埃旦在一个漆黑的冬夜带着两千勇士奇袭了莫库海因岛，杀了伽尔特南，烧光了岛上的房屋，只有卡诺和几个侍从侥幸逃脱。

"我们最好避开杀害我父亲的凶手。"卡诺说，"他对我父亲都能下此毒手，他跟我关系更远，不知道会怎样对待我。""我们能去哪里？"他的侍从问。"我们去爱尔兰吧，那里还有我的亲戚。"于是他们造了一艘小船，驶向爱尔兰。

彼时爱尔兰北部阿尔斯特王国由两兄弟共同执政，即艾斯斯兰尼的两个儿子哲尔默和布拉斯瓦克。他们热烈欢迎表亲卡诺前来寻求庇护，把自己的宫殿、财富、食物和美酒的三分之一慷慨地分给卡诺。

埃旦对此非常不满，然而据说魔鬼深夜来访，跟他做了见不得人的交易，然后告知他伽尔特南的财宝埋藏的所在。

埃旦把大瓮搬回自己的宝库，心想："正好，我可以拿伽尔特南的财宝去贿赂艾斯斯兰尼的儿子们，让他们杀掉卡诺。"

于是埃旦派九个心腹，带着一大袋银币渡海去找哲尔默和布拉斯瓦克。他们到了爱尔兰，没有声张，趁卡诺等人在别处时，秘密求见两位国王。哲尔默的女儿早在卡诺到来之前，就已经听说了他的事迹，深深爱上了他。尽管爱尔兰众多王公贵族向她求婚，可她已经心有所属。这当下，她正好在此次秘密会见的大厅旁边的绣房里，隔着墙听到了埃旦手下推销的诡计。

"我们来称一称银子有多少。"两位国王说。

"两位陛下请随意。"苏格兰人说。

这聪明的姑娘听到之后，手里拿着一根树枝跑到阳台上，下面四位手执长矛的武士正好走过。哲尔默的女儿念了这么一首诗：

> 我知道在爱尔兰或苏格兰，
> 没有哪一位执矛的勇士，
> 不会在危难时刻举起闪亮的武器
> 守卫卡诺的安危。

接着她走下阳台，到卡诺面前挥舞着树枝又吟了一首诗：

卡诺！

睁眼看看你的命运；

厄运接踵不断，

好事寥寥可数。

"这是一则警告！"卡诺说。姑娘往卡诺贴近了些，小声说："警告不是毫无来由的。在那座大厅里，他们正在数着银子商量买你的命哩。"

于是卡诺马上跑回自己屋里，跟手下的人说："埃旦派人来杀我们了，让我们先下手为强，控制住城堡里所有的房子，每所房子门前派十二个佩剑的武士把守，然后我去拜访国王。应该用不了多久，这件事就能解决。""我们会耐心守候的。"他的手下齐声说。"很好，我现在就去他们密谋的大厅看能不能进去。如果他们能让我进去，就没有危险；如果他们拦住我，你们就冲过去把我救出来。"卡诺吩咐道。

卡诺走到大厅门前求见，守门的武士拦住了他。"让他进来。"哲尔默和布拉斯瓦克命令道。卡诺昂首踱进大厅，看见那袋银子就放在厅的中央。"过来我们这里。"两位国王说。卡诺不动声色，假装在打量哲尔默手上把玩的一支手镯。

"好漂亮的手镯！"他说。他认出那是他父亲的手镯。

"给你戴上吧！"哲尔默说。

"这可是一件传家宝。"卡诺回答。

"是谁的传家宝？"两位国王问。

"那是一个悲伤的故事。你们都认识我父亲，他给我留了一大笔财富，埋藏在瓮里。可惜埃旦的运气更佳，他找到我父亲的财宝，又拿来向你们买我的命。"

"我们起誓，"哲尔默郑重地说，"就算埃旦用财宝把这座大厅填满，我们也不会出卖你。"

"感激不尽。"卡诺低头一躬，退出了大厅。布拉斯瓦克跟着他出来，对他耳语道："埃旦手下的人已经离去，很快就要越出我们的保护范围了。那之后，无论发生了什么，埃旦都不能向我们要求赔偿。去截住杀掉他们，拿回属于你的财产。"

卡诺连忙集合起他的人马，扬帆去追赶埃旦的手下，趁他们不备登上了他们的船。"你们以为你们能逃走吗？"卡诺问。"我们认栽！"对方说。"你们背叛我，犯下了滔天大罪！你们说，这艘船上有哪一个人不是在我父母的庇护下长大的？"卡诺质问。对方首领说："卡诺，要是你在苏格兰为王，我们一定死心塌地跟随你！这样吧，银子你都拿去，放我们一条生路回家罢！"

"你们都走吧！这银子本就是我的，我绝不相让，但是现在就先饶你们一命。"卡诺说。"感谢你的仁慈！"众人道。

卡诺回到爱尔兰的宫中，哲尔默用他的预言能力仔细打量这位了不起的年轻人，得知他将在埃旦之后为王二十四年。

卡诺一干人等辞别了艾斯斯兰尼的两个儿子，向南而行，越过穆尔瑟夫涅平原，抵达布雷加平原上的科尔涅。有一群天鹅正在山坡上憩息。卡诺的手下让他掷石捕猎天鹅，却无一中的。卡诺从未失手过，心下吃惊，便赋诗一首：

> 惊飞了科尔涅的天鹅
> 我实在悔恨不已：
> 我扔歪的石头让它们惊恐悲伤
> 难道我自己不是一样！

他们随后越过了香农河，往西进入康纳赫特，去寻访康纳赫特之王古阿累。他们先来到了马尔康的领地。马尔康娶了古阿累的女儿克蕾姬做妾，然而克蕾姬对这个年老武士毫无好感，她心里暗暗爱的是盛名在外的卡诺。马尔康正室的儿子科尔古同情克蕾姬，为她通报了卡诺来访的消息，又向卡诺传达了克蕾姬对他的爱意。

马尔康获悉此事，大发雷霆，诬陷科尔古跟克蕾姬有染。另一面，他又摆出一副盛情欢迎的面目，为卡诺一行洗尘。"欢迎你，卡诺！你可以尽管放心，在艾斯斯兰尼儿子们那里发生的事情不会在这里重演，我绝不会为了金银出卖你！"

卡诺等人停留数日后，终于抵达了古阿累的城堡。古阿累把房子的三分之一让给卡诺等人，三分之一用来自己居住，还有三分之一留给了他的诗人"哀伤之兽"参纳汗。参纳汗是爱尔兰最杰出的诗人，曾为古阿累寻回了失传已久的《夺牛记》全本。他年事已高，瘦削之极，据说一缕羊毛织成的衣服就足以供他蔽体，他每三天只吃四分之一条面包。他的老伴吃了其余那四分之三条面包，还被他取笑为"鼓腹妇"。

"古阿累，以我们现在的实力，要让康纳赫特供养我们都殊为不易，还要庇护这么一大群流亡武士，实在有点困难。"参纳汗建议道，"先让他们去跟猎手们打猎吧。"第二天，卡诺等人出发狩猎，从正午到第三天正午，什么也没打到。他们很失望，想向古阿累辞别。

"我明白是什么在困扰你，卡诺。"古阿累抱歉地说道。

"我没什么困扰，"卡诺回答，"只是想环游爱尔兰，造访它的城堡要塞，教堂和贵族。谢谢你的款待，我们还会有机会再见的。现在我想去拜访住在芒斯特的斯坎兰之子伊兰德。"古阿累闻言，请求道："请你在离开之前，再接受一次款待，今晚我们欢宴一场，一醉方休！"

于是，当晚康纳赫特的诸多王公贵族聚集一堂，为卡诺等人送行。马尔康、克蕾姬和科尔古也前来做客，马尔康还特别安排了四名好手看守着克蕾姬以防不测。聪明如克蕾姬自有打算。她自愿为在座众人斟酒，暗地里下了睡眠咒，最后整个大厅里只有她自己和卡诺还醒着。

见计谋生效，她投入卡诺的怀抱，为他宽衣解带，使尽浑身解数挑逗他。可是卡诺轻轻推开了她，告诉她只要他仍寄他人篱下，就不会做出有损主人名誉的事情。"等我赢回了苏格兰的王位，我一定回来迎娶你。"卡诺承诺道。为证明自己会遵守约定，卡诺交给克蕾姬一块宝石。"我的灵魂包含在这块石头里。"他说，"我母亲生产的时候，因为疲惫陷入了睡眠。在梦中，她看见两个女精灵盘旋在她周围，其中一个拿着一块石头。'你儿子的灵魂先于他的肉身降生，化身为一块宝石。'那女精灵说。于是我的母亲夺过这块宝石，小心守卫它，直到我足够大可以保护它周全。"

克蕾姬小心地抚摩着这块宝石，把它藏在贴身的衣袋里。卡诺走后，她每天都要把宝石拿出来擦拭把玩，对着宝石说：

> 哦宝石
> 我每日凝视你
> 宁可牺牲性命，也要保你周全
> 因为打碎你，就是打碎我们的联结。

卡诺南行到"愚人堡"，投靠斯坎兰之子伊兰德。"欢迎你！"伊兰德张开双臂迎接他，"在这里你永不用担心被出卖，不必再流浪，饮食永不短缺！"伊兰德吩咐管家在大厅架起七口大鼎煮肉，直到年终，鼎下的火不能熄灭，鼎里要一直有肉。他又召集起其属下科尔郭罗伊杰的人们，命他们每天日落之前缴上三头牛，三爿咸猪肉，三瓮美酒以及足够的面包。伊兰德的王后则出了七群牛，每群有一百四十头。

如是，伊兰德回头去找卡诺，问他有何请求。卡诺说："无他，请您收留我们。""没问题，"伊兰德回答，"直到你继承苏格兰的王位，可以一直在这里居住，我会确保你的食宿，你不需要踏出城堡大门一步。"

于是卡诺等人在伊兰德家一住就是三年。其间，每日卡诺和伊兰德都下象棋，鏖战一天，直到傍晚才分出胜负，通常都是卡诺赢。

终于有一天，从苏格兰来了信使，让卡诺回苏格兰继承王位。随信使来的还有九位贵族，出自苏格兰各大贵族家庭，充当确保卡诺安全回国掌权的人质。于是卡诺与伊兰德殷殷惜别；他们手下的人没有一个在分别的现场不环抱着好友的脖颈伤心哭泣。"你这一去，一年内我必死无疑，"伊兰德说，"愿上帝保佑你。"他又送了卡诺五十匹雪花灰马，五十座青铜大鼎和五十件缎子滚边斗篷作分别礼物。

正好一年后，伊兰德手下两名领主，萨纳舍的儿子麦克孔纳斯和库安起兵造反，杀了伊兰德，顺便把他位于"愚人堡"的宫殿放火烧得一干二净。卡诺已经当上了苏格兰国王。这一天，他正端坐小舟中垂钓，忽然看到不祥的兆头：一股暗红血色的浊浪向他涌来。他知道那是伊兰德被杀的消息，他站起来，悲痛地绞着双手，用力如此之大以至于一股鲜血潺潺从他指间淌下。他吟唱道：

> 布瓦赫滩头
> 血浪涌上海岸
> 苦涩的消息使我们哀伤

伊兰德已经丧命。
血色漩涡
搅起嘈杂巨浪
移山驱日的世界之王
我们不久前才分别，多么悲伤！
血色漩涡
灰暗的海洋之鼎
这漩涡沸腾不息
却只吞噬而不烹煮。
萨纳舍之子库安
听我的誓言：
为了你犯下的罪孽
我将亲手刺穿你的胸膛。

卡诺召集起一支大军，包括不列颠人、苏格兰人和撒克逊人，荡平了叛变的科尔郭罗伊杰部落，处死了麦克孔纳斯、库安和他们的族人，又重新将伊兰德的儿子扶上王位，重建了"愚人堡"昔日辉煌的模样。卡诺从科尔郭罗伊杰部落选了人质带走，以保证他们对伊兰德的儿子忠诚。

像他承诺的那样，卡诺在当上苏格兰国王后，每年底都在科尔普色河口（今爱尔兰东部德罗赫达镇）与克蕾姬幽会。马尔康之子科尔古带着一百名勇士为他们保驾护航。由于路途遥远，两人后来商定改在更靠近苏格兰的爱尔兰北部一处现称为"克蕾姬之湖"的所在幽会。这天，克蕾姬带着那块宝石北上，而卡诺驾船渡海而来，两人已经在对方视线之内了。不知是哪里走漏了消息，克蕾姬望过去，只见三艘快帆船半途中杀出，截住了卡诺的小船，一伙兵士跳下来，把他砍倒在船里，然后逃之夭夭。

卡诺的小船还按着原来的航线漂流，一直飘到克蕾姬的面前，可是卡诺再也不能从船里站起，跳到岸上亲吻她。他苍白无生气的脸庞静静躺在船底，浸泡在自己的鲜血里。

克蕾姬见状，撞向一块巨石，她直到临终一刻仍然紧紧攥在手里的卡诺的生命宝石，也同她秀丽的头颅一样，裂成无数猩红的碎片。

这就是伽尔特南之子卡诺和古阿累之女克蕾姬的故事。

埃尔卡之子穆赫尔塔赫的三重死亡

Aided Muirchertaig maic Erca

穆赫尔塔赫是"九位人质"的尼尔的曾孙，公元6世纪奥尼尔王朝的国王。史料中可靠的部分就只有这么多，剩余的大都是后世附加的传说。例如说他的母亲是苏格兰公主埃尔卡，或者说他能征善战，把爱尔兰大部分领土都拢入麾下，从而成为爱尔兰的最高国王。关于穆赫尔塔赫最有名的传说，就是他溺死在一瓮美酒里，这个说法也为编年史所收录。一位公元12世纪的作者根据这一传说，演绎出了以下的故事。

爱尔兰之王，埃奥罕之孙、穆雷达赫之子穆赫尔塔赫居住在他的宫殿里，宫殿在波茵河畔的克雷杰赫。穆赫尔塔赫的王后是康纳赫特国王、"铜舌"道伊的女儿敦沙赫。一日，穆赫尔塔赫出外游猎，来到波茵河谷的边上，他的猎伴们四散开去，把他独自留在一座小丘上。

还未盘桓多久，穆赫尔塔赫看见一位美貌少女独自坐在离他不远的山顶草地上。她的金发随风飘扬，肌肤漾着柔光，姣好的身段在墨绿色斗篷下若隐若现。在穆赫尔塔赫见过的所有女子中，没有一位能比得上她的容貌，没有一位有她半分精致。国王目瞪口呆，动弹不得，四肢百骸都充满了对这位少女的爱慕；眼盯着她，穆赫尔塔赫觉得若能与她共度一晚，即使是要他献出整个王国也值得了。他镇定下来，向少女致意，就好像早已认识她，并礼貌地问她为何而来。

"我来告诉你，"她柔声回答，"我是来做爱尔兰国王穆赫尔塔赫的情人的，我正在寻找他。"这话正中国王心意，于是他问："小姐，你认得我吗？""那是当然，只要你给我合适的聘礼，我就跟你走。""啊小姐，你要什么我都给！""你能发誓吗？"她问。国王发誓要给她一百头牛，一百个饮酒的角杯，一百件瓷杯，一百枚金指环，并每隔一晚在克雷杰赫的宫殿里为她设一场丰盛的筵席。"我不要这些，"那少女说，"我只要你做三件事情：第一，任何时候你都不许说出我的名字；第二，把你孩子的母亲、王后敦沙赫赶走；第三，不能让任何基督教僧侣进入我所在的房间。"

"完全没问题，"国王当即应允，"我向你发誓，虽然比起这些，把江山分给你一半来的更容易些。你的名字到底是什么？告诉我，我才好避免说出来。"于是她吟唱出一长串名字：

叹息、风吟、风暴[1]、狂风、冬夜、悲泣、哀叹、呻吟。

于是国王许给了辛丰厚的聘礼，带着她回到了克雷杰赫的宫廷。"现在怎么办？"辛问。"都听你的。"国王说。"那么，先把敦沙赫和她的孩子们赶出宫廷，然后在每一种工匠中挑选一位，请他们带上妻子前来赴宴。"

工匠艺人们酒足饭饱，对着穆赫尔塔赫唱起颂歌。与此同时，穆赫尔塔赫自己的亲戚，奥尼尔的王公贵胄，加上王后敦沙赫和她的孩子们，在黑夜中排成长长的一队，悄然离开了克雷杰赫。

敦沙赫带着孩子逃到图连的修道院，向她的忏悔师、圣洁的主教卡尔尼赫救助。卡尔尼赫召集起被驱逐的奥尼尔家族后裔，回到克雷杰赫向穆赫尔塔赫讨个说法，可是辛紧闭城门，坚决不让他们进入。奥尼尔家族感觉受了侮辱，既生气又沮丧，连卡尔尼赫都看不下去了，愤怒地诅咒了王宫，并当着众人的面给穆赫尔塔赫挖好了一个墓穴，大声宣布道："这个人已经完蛋了！他的统治也到头了！"

奥尼尔家族，也就是康纳尔家和埃奥罕家的人围拢过来，向卡尔尼赫求道："主教啊，请您祝福我们吧，我们并

1 爱尔兰语为"Sin"，音译为"辛"。

未冒犯您，而且现在要回到我们自己的领地去了。"于是卡尔尼赫结起祝福的手印，举起牧杖对他们说："如果你们当不上全爱尔兰的最高国王，至少会在自己领地的附近接受臣服。阿列赫、塔拉和阿尔斯特的王权永远属于你们。你们不会接受任何人的赏赐、戴上镣铐或递交人质，因为王权在你们手中。你们将赢得所有出于正义的战争。卡萨赫手稿（相传属于圣芬尼奥）、圣帕特里克的铜钟和我的圣物匣会在战争中保佑你们所向披靡。"

众人四散，卡尔尼赫也回到了修道院。不料那里已经有一支军队等着他，是"秃耳"阿里尔的孙子泰格的部下。他们带上卡尔尼赫，又回到克雷杰赫去跟穆赫尔塔赫缔约修好。穆赫尔塔赫登上城墙正准备欢迎客人，忽然瞥见队伍前头的卡尔尼赫，脸噌一下就红了起来。"修士，你来做甚？你不是才诅咒过我吗？"穆赫尔塔赫喊道。卡尔尼赫却面不改色："我是来帮助阿里尔之孙泰格和你讲和缔约的。"

双方进了宫殿，歃血为盟，又吩咐卡尔尼赫执笔写下和约的内容。主教写好了一式两份和约，祝福了和约，警告毁约者要堕入火狱永不超生。之后大家各自打道回府，此是后事不提。

穆赫尔塔赫坐在他的王座上，身边是可爱的辛。国王越看她越觉得世上没有一个女人能比她更加美丽。他觉得她神秘、聪慧，就像一位无所不知的女神，于是便询问她有什么能力。辛答道：

"我能再造日月，重画星辰运行的轨迹。我能造出勇猛的武士，搏斗永不知倦。我能舀一勺波茵河水，把它变成美酒。我能将石头变成羊群，蕨叶化为肥猪。我能当着众人，从空气中变出金银。我能给你流传百世的声誉。"

"给我展现一下你的能力！"国王已经迫不及待。

于是辛上前一步，挥手间就出现了两支军队，同样壮大，同样威武，同样凶猛。两支大军开始相互砍杀，转眼间便血流成河，残肢遍地，人们从未见过这样勇猛激烈的战斗。

"看见了吗？"辛问道，"我可不是信口开河。"国王又令人取来波茵河水，辛盛满了三个水瓶，念动咒语，叫国王品尝，果真是滋味无可比拟的美酒。她又把宫殿四周的蕨叶变成肥猪，众人支起烤架，喝酒把肉，直吃到肚满肠肥。辛承诺往后每日均为他们提供取之不尽的酒食，众人皆欢喜赞叹。

第二天起床，穆赫尔塔赫觉得有些力不从心。"大概是观看术法太过兴奋，又吃得太多的缘故。"他安慰自己。可是每一个吃过辛变出来的猪肉，喝过河水化成的美酒的人，都觉得萎靡不振。国王又令辛表演更多的法术。辛把他们带到城外的空地上，嘴里念念有词，忽然间天昏地暗，众人一阵目眩，再睁开眼时，身边的乱石不知何时突然变成了凶蛮的士兵，身上横一道竖一道地画着蓝色花纹，有的肩膀上还长着山羊脑袋。穆赫尔塔赫眼前波茵河谷的绿茵草地上，排开了四个方阵，正朝他排山倒海袭来。

见此情景，穆赫尔塔赫一声断喝，披上战袍，抓起兵器，像一头迅疾、愤怒、发狂的公牛冲进对方阵地，抡开战斧拼命地砍杀。可是他刚砍倒的敌人，转身就复活站起，因此穆赫尔塔赫从清早杀到傍晚，敌人都没有减少。尽管国王勇猛非凡，膂力过人，到了此时也不免筋疲力尽。

穆赫尔塔赫且战且退，沮丧地撤进了宫城。辛又给他奉上魔法变出的猪肉和酒水，国王和部众美美吃了个饱，一觉酣睡到天明，却发觉手脚发软，斗志全无。正当他们惊慌时，城外又传来了战号声，两个方阵的敌人气势汹汹前来挑战穆赫尔塔赫，一队身绘蓝色，一队是无头士兵。穆赫尔塔赫发起怒来，正欲出城迎战，却膝下一软，倒在地上半天没爬起来。

待到国王重振勇气，又像昨天一样冲进敌阵砍杀，卡尔尼赫主教派来的三个僧侣正好走到克雷杰赫。卡尔尼赫心知国王被法术迷惑，辛意图不轨，特地遣使者来警醒国王。果然，三个僧侣走到刚能望见宫殿的地方，就听见国王在大呼小叫地砍杀。可是他都在干什么呀！穆赫尔塔赫剑下迸出火花的，不是敌人的兵器，而是巨石的沟壑；穆赫尔塔赫斧下纷纷碎裂的，不是勇士的头颅，而是泥块和枯枝。三位僧侣合十祈祷，口念圣经，慢慢地国王清醒过来，停下了手中的兵器，向僧侣们道谢。

国王回到宫里，坐在辛的手边。她问到底为什么停下了战斗。穆赫尔塔赫说："是僧侣们救了我，他们在我额上画了十字，让我看清楚自己不过是在劈砍泥土。敌人不见了，我也就回来了。"辛嗔怪道："别相信那些僧侣！他们只会撒谎。"国王说："我的心永远属于你，我爱你的容颜远胜过冰冷的教堂石壁！"

辛不说什么，却暗暗发动了法术，继续给国王和部众提供酒肉，蛊惑他们的心智。到了第七晚，正是萨温节前夜，刮起了呼啸的北风，大厅里也能听得清清楚楚。"这是冬夜风暴的悲泣！"国王说。

"你说了我的名字！"辛叫道。她召来了最猛烈的朔风，大雪倾盆而下，风雪交加发出的声响比战场上的厮杀声更令人毛骨悚然。筵席结束了，每个人身上剩余的力气并不比刚生完孩子的妇女更多。国王靠在榻上睡着了，可是不一会儿，他尖叫一声跳起来，浑身冷汗。"你怎么了？"辛问道。"魔鬼！一整支军队的魔鬼出现了！"国王号叫道，眼睛里早已失去了理智的神采。"我要死了，"他喃喃说道，"就像我的祖父，预言里说我们的死法一样，不是倒在战场，而是被活活烧死。"

"睡吧，让我为你放哨，"辛安慰道，"我知道你的命运，今晚这宫殿不会燃烧。""是真的，他要来了，我的表兄'乱发'图萨尔带着军队来夺我王位。""是的，他们在途中，可是今晚他们到不了这里，请你安睡吧。"辛哄道。

国王筋疲力尽地倒在睡榻上，问辛取水喝。辛给他端来了施过咒的酒，国王喝过之后瘫软如泥，陷进了噩梦缠绕的睡眠。在梦中他看见自己扬帆出海，却遭遇了船难，被一头巨大的鹰头狮身兽攫起，扔进巢穴，最后巢穴着火，他被烧死在里面。

国王醒来，让智者为他解释这个梦。智者说："你乘的船是王权，航行在生命之海上。船翻了，你的生命也将终结。鹰头狮身兽就是你枕旁的那个女人，她迷惑你，毒害你，直至最后你和她一起葬身火海。"

国王又睡下了。辛爬起来，把许多长矛和刀剑放在门外，锋芒对准了大厅。她施咒造出许多武士，站满了大厅和门廊，然后又钻回被窝。

国王惊醒了。"怎么回事？""我又梦见大群的妖魔到处砍杀，烧了宫殿，把我压在底下。""只是梦而已，你没有受伤。"

正说着，房顶突然发出火烧的噼啪响，四周都是厮杀的呐喊声。"是谁在外面？"国王问。辛回答："是'乱发'图萨尔，他带着大军来为格兰纳德之战的失败复仇了！"

国王深信不疑，召唤他的随从，却无一人响应。他冲到大门，迎面撞上一支剑拔弩张的大军。穆赫尔塔赫身中多处致命伤，可是身后的大厅已经在熊熊燃烧，再无退路。情急之下，穆赫尔塔赫跳进了一坛酒，可是头顶的房梁烧断掉下，正砸在他头上，把他上身烧得焦黑。穆赫尔塔赫疼痛难忍，潜进酒中，却因伤痛虚弱挣扎不脱，活活淹死在酒里。

大火一直烧到次日方熄。那三位僧侣来把国王的遗体拉出，放在波茵河里清洗，再运到图连下葬。王后敦沙赫看见了遗体，发出了惊天动地的悲号，背靠在一棵古树上，喷出一口心血，随她的丈夫而去。僧侣们收敛了国王夫妇的遗体，葬在教堂近旁。

僧侣们忙完之后，看见远处路上走来了一个孤零零的身影，美丽夺目，身披墨绿镶金边的斗篷。僧侣们打量着这个疲惫、悲伤的女子，认出她是那个毁灭了国王的人。卡尔尼赫向她致意，问她到底是谁，为何要毁灭国王，她答道：

"我的名字叫辛。穆赫尔塔赫在凯尔布之战中杀死了我的父母和姐姐，摧毁了塔拉所有古老的家族和我们的家园。"她向卡尔尼赫做了忏悔，皈依了正道，随后解脱了尘世的悲伤和仇恨。卡尔尼赫把她葬在一处小小的、不起眼的坟墓，让她回归大地的怀抱。

这就是由卡尔尼赫亲述的埃尔卡之子穆赫尔塔赫的三重死亡的故事。

利娅妲与库里瑟尔

Comrac Líadaine ocus Cuirithir

这个夹杂散文和诗体的故事叙事部分仅剩概要，但诗歌绝大多数都保存完整，其中最后一首利娅妲的自叙尤其动人。传说利娅妲生活于公元 7 世纪爱尔兰的科尔郭杜弗尼（今芒斯特省西部），是少数跻身于男人世袭把持的诗人学者阶层（éces）的女性之一。库里瑟尔是康纳赫特省的诗人。从残存的散文故事很难讲清两人间到底发生了什么，导致彼此错失，阴阳两隔，但诗歌里的真挚情感足以证明他们坚忍不屈的爱情。

利娅妲在作诗人的巡回[1]时来到康纳赫特，库里瑟尔正是这里的诗人，他设宴款待利娅妲，邀请她吟诵诗作。利娅妲的诗歌让库里瑟尔一见倾心，库里瑟尔便对她说："利娅妲，我们结为夫妻可好？我们的儿子必定是不世出的人杰。"

"先别忙，"利娅妲对库里瑟尔也惺惺相惜，回答说，"我得先完成诗人的巡回。之后你若到我家寻我，我很乐意与你结为连理。"

可惜这中间耽搁太久，利娅妲误以为库里瑟尔是轻佻

---

1 "cúairt"，诗人云游各地，接受款待，展现才艺的例行访问。

浪子，早把赴约忘在脑后，便出家当了修女。当库里瑟尔终于赶到时，爱人已断绝尘缘。两人相对无言，然而发过的誓愿无法撤回，于是库里瑟尔一冲动，也剃发为僧，两人投奔主教"高大"的库敏，请他做他们的忏悔师，为灵魂指一条出路。

库敏见两人确实情投意合，却阴差阳错都出了家，不能再按俗世的规矩结合，心下叹息，于是，给了他们一个选择的机会：是愿意相见，还是愿意交谈？但只能选其中一条路。"那就选交谈吧！"库里瑟尔说，"我们已经熟知对方的脸庞，日后虽再不能相见，得以交谈总归要好些。"

于是每当库里瑟尔出门，绕着圣墓做祈祷礼拜时，利娅妲必须闭门不出，反之亦然。利娅妲吟道：

> 库里瑟尔，我曾爱的诗人
> 这爱情未结果便已凋零。
> 一双绿足的上帝见证
> 再不能与他相见，我的生命也同样悲凄！
>
> 小教堂南边的石板
> 他正跪在上面祈祷。
> 每日午课过后
> 那也是我静思的所在。

库里瑟尔回答：

> 我听见这美妙的声音
> 却不敢对她敞开胸怀。
> 只能作此回应：
> "这声音多么美妙！"

利娅妲又说：

> 透过柳条墙传来的声音
> 你理应把我谴责。
> 那声音对我温柔备至
> 却让我夜不能寐。

主教为了考验两人的信仰，命令他们同居一夜，但两人中间要躺着一名童子。库里瑟尔说："若我是未出家的俗人，这一夜与利娅妲同眠会发生多少事情！"利娅妲也说："不要说同眠一夜，就算是一年，我们之间也不会做比交谈更多的事情！"第二天，童子被召去见主教作证，两人果然毫不越轨。

库里瑟尔要被调往另一修院，临别时他吟道：

> 现在
> 我要与利娅妲分离
> 一日仿如一月
> 一月长似一年。

最后，库里瑟尔要去登上朝圣的漫漫长路，利娅妲闻讯，跑到德西王国寻找他，并吟了这首诗：

> 我所做的
> 没带来半点欢乐，
> 我伤害了我爱的人。
>
> 若不是怕
> 天主动怒，我怎会
> 残酷如斯，不取悦他？
>
> 他不在乎
> 我渴求的约会：
> 脱离苦海，向往天堂。
>
> 为这件事
> 我让库里瑟尔遭受痛苦，
> 可我对他无限温柔。
>
> 我，利娅妲，
> 我爱库里瑟尔，
> 正如人们所知一样深。
>
> 与他相伴
> 时光多么短暂，
> 两情相悦，转瞬即逝。
>
> 林间音乐
> 曾为我和库里瑟尔奏响，
> 血色大海低低和鸣。

我多希望
不曾发下那誓愿
使库里瑟尔倍受折磨！

别再自欺！
他是我心头挚爱，
尽管我同爱世人。

烈火霹雳，
煎熬我心。我深知，
失去他，我无法独存。

听闻她正在前来，库里瑟尔为避开她，乘一叶小舟出海朝圣，再无半点音信。心碎的利娅妲说："他走了。"从此她不再说话，每日跪在他曾做祈祷的石板上面，直至生命终结，人们把这块石板和她埋在一起。这就是利娅妲与库里瑟尔的故事。

附录一：参考书目

追求爱汀 Tochmarc Étaíne

Bergin, Osborn, and R. I. Best. "Tochmarc Étaíne." *Ériu* 12 (1938): 137–196.

摧毁达德尔加之府邸 Togail Bruidne Da Derga

Knott, Eleanor. *Togail Bruidne Da Derga*. Mediaeval and Modern Irish Series 8. Dublin: The Stationery Office, 1936.

并参考译文：Gantz, Jeffrey. *Early Irish Myths and Sagas*. First Edition. Penguin Classics, 1982.

图雷原野之战 Cath Maige Tuired

Gray, Elizabeth A.. *Cath Maige Tuired= The Second Battle of Mag Tuired*. Irish Texts Society 52. Kildare: Irish Texts Society, 1982.

李尔的子女们之死 Oidheadh Chlainne Lir

O'Duffy, Richard J., and Eugene O'Curry, *Oidhe Chloinne Lir: The Fate of the Children of Lir*. Dublin, 1883.

罗南弑子 Fingal Rónáin

Greene, David. *Fingal Rónáin and Other Stories*. Mediaeval and Modern Irish Series 16. Dublin: Dublin Institute for Advanced Studies, 1955.

伍士流诸子流亡记 Longes mac nUislenn

Hull, Vernam. *Longes mac nUislenn: The Exile of the Sons of Uisliu*. New York: Modern Language Association of America, 1949.

麦克达索之猪的故事 Scélae Muicce Mac Dathó

Thurneysen, Rudolf. *Scéla Mucce Meic Dathó*. Mediaeval and Modern Irish Series 6. Dublin: Dublin Institute for Advanced Studies, 1951.

涅拿历险记 Echtrae Nerai

Meyer, Kuno. "Echtra Nerai (The Adventures of Nera)." *Revue Celtique* 10 (1889): 212–228.

伊娃独子的殒落 Aided Óenfir Aífe

Meyer, Kuno. "The Death of Conla." *Ériu* 1 (1904): 113–121.

布里戈留的宴会 Fled Bricrenn

Henderson, George. *Fled Bricrend: The Feast of Bricriu*. Irish Texts Society 2. London: D. Nutt, 1899.

并参考译文：Gantz, Jeffrey. *Early Irish Myths and Sagas*. First Edition. Penguin Classics, 1982.

"奴隶腰"埃胡诸子历险记 Echtrae mac nEchach Mugmedóin

Stokes, Whitley. "The Death of Crimthann Son of Fidach and the Adventures of the Sons of Eochaid Muigmedón." *Revue Celtique* 24 (1903): 172–207.

Joynt, Maud. "Echtra Mac Echdach Mugmedóin." *Ériu* 4 (1910): 91–111.

康勒离世记 Echtrae Chonnlai

McCone, Kim. *Echtrae Chonnlai and the Beginnings of Vernacular Narrative*. Maynooth Medieval Irish Texts 1. Maynooth: Department of Old and Middle Irish, National University of Ireland, 2000.

蒙甘的身世 Compert Mongáin

White, Nora. *Compert Mongáin and Three Other Early Mongán Tales: A Critical Edition with Introduction, Translation, Textual Notes, Bibliography and Vocabulary*. Maynooth: Department of Old and Middle Irish, National University of Ireland, 2006.

帝王堡大屠杀 Orgain Denna Ríg

Greene, David. *Fingal Rónáin and Other Stories*. Mediaeval and Modern Irish Series 16. Dublin: Dublin Institute for Advanced Studies, 1955.

豕数原之战 Cath Maige Mucrama

O'Daly, Máirín, ed. *Cath Maige Mucrama: The Battle of Mag Mucrama*. Irish Texts Society 50. Dublin: Irish Texts Society, 1975.

疯子斯威尼 Buile Shuibne

O'Keeffe, J. G. *Buile Suibhne: The Frenzy of Suibhne. Being the Adventures of Suibhne Geilt: A Middle Irish Romance*, Irish Texts Society 12. London: Irish Texts Society, 1913.

麦康格林的幻象 Aislinge Meic Con Glinne

Jackson, Kenneth Hurlstone. *Aislinge Meic Con Glinne*. Dublin: Dublin Institute for Advanced Studies, 1990.

卡里尔之子图安的故事 Scél Tuáin meic Chairill

Carey, John. "Scél Tuáin Meic Chairill." *Ériu* 35 (1984): 93–111.

《伟大传统》之序言 Prologue to the Senchas Már

Carey, John. "An Edition of the Pseudo-Historical Prologue to the Senchas Már." *Ériu* 45 (1994): 1–32.

雷奇之子弗格斯历险记 Echtrae Fergusa maic Léti

Binchy, D. A. "The Saga of Fergus Mac Léti." *Ériu* 16 (1952): 33–48.

故人奇谭 Agallamh na Senórach

Dillon, Myles. *Stories from the Acallam*. Dublin: Dublin Institute for Advanced Studies, 2003. 并参考译文: Dooley, Ann, and Harry Roe. *Tales of the Elders of Ireland = Acallam na Senórach*. Oxford: Oxford University Press, 1999.

追捕哲尔默与格兰妮 Tóraíocht Dhiarmada agus Ghráinne

Ní Shéaghdha, Nessa. *Tóruigheacht Dhiarmada agus Ghráinne: The Pursuit of Diarmaid and Gráinne*. Irish Texts Society 48. Dublin: Irish Texts Society, 1967.

伽尔特南之子卡诺的故事 Scéla Cano maic Gartnáin

Binchy, D. A. *Scela Cano Meic Gartnain*. Dublin: Dublin Institute for Advanced Studies, 1963.

埃尔卡之子穆赫尔塔赫的三重死亡 Aided Muirchertaig maic Erca

Nic Dhonnchadha, Lil. *Aided Muirchertaig meic Erca*, Mediaeval and Modern Irish Series 19. Dublin: Dublin Institute for Advanced Studies, 1964.

利娅妲与库里瑟尔 Comrac Líadaine ocus Cuirithir

Meyer, Kuno. *Liadain and Curithir: An Irish Love-Story of the Ninth Century*. London: D. Nutt, 1902.

附录二：人名、地名译名对照表

本表为方便读者查找译名相对应的爱尔兰语形式而设。因为各个故事来自不同的时期，其中不少本身亦有传抄在不同时代的版本，专名的形式统一采用早期爱尔兰语拼写法，未必是该专名在特定手稿或编本上显示的拼法。有的专名被译作两个不同的汉语形式，是为了凸显不同的语境或用法，例如"Ailbe"对应的一为狗名"阿勒瓦"，二为女子名"阿丽芙"。一些地名今日有通用的英语写法，在此一并纳入。

汉译	早期爱尔兰语	英语
阿尔柯温平原	Mag Arcomain	
阿尔马	Ard Machae	Armagh
阿尔斯特	Ulaid	Ulster
阿尔特	Art	
阿尔温	Almuin	
阿拉斯	Arad	
阿兰	Arann	
阿勒瓦	Ailbe	
阿里尔	Ailill	
阿丽芙	Ailbe	
阿列赫	Ailech	
阿姆萨赫	Amsach	
阿涅尔	Aniér	
阿萨尔	Asal	

汉译	早期爱尔兰语	英语
阿瓦尔根	Amairgein	
埃奥罕	Eogán	
埃达尔	Étar	
埃旦	Áedán	
埃尔卡	Ercae	
埃尔科尔	Ercol	
埃赫贝	Echbél	
埃胡费兹列赫	Echu Feidlech	
埃克瓦尔	Elcmar	
埃拉瑟	Elatha	
埃斯	Áed	
艾奥胡	Eochu	
艾达角	Benn Étair	Howth
艾盖尔	Éccell	
艾瑟妮	Eithne	
艾斯斯兰尼	Áed Sláine	
艾薇尔	Emer	
艾汶玛哈	Emain Machae	Navan Fort
艾西德	Echaid	
艾旭海滩	Tráig Éisi	
艾泽斯加勒	Eterscélae	
爱奥妊	Eorann	

汉译	早期爱尔兰语	英语
爱丁谷	Glenn Edin	
爱芙	Aobh, Oíb	
爱立施岛	Rinn Iorrais Domnann	
爱琉	Ériu	
爱汀	Étaín	
安峦	Anlúan	
安米尔	Ainmire	
安妮	Áine	
昂格拉赫	Angalach	
昂格斯	Óengus	
奥格玛	Ogma	
奥拉尔瓦	Ollarba	
奥尼尔	Uí Néill	O'Neill
奥斯卡	Oscar	
巴洛尔	Balor	
拜旦	Báetán	
鲍德武	Bodb	
贝奥瑟赫特	Beothecht	
贝格	Becc	
贝尼努斯	Benignus	
波尔肯山谷	Glenn Bolcáin	
波尔谢岬角	Benn Boirche	

汉译	早期爱尔兰语	英语
波芬岛	Inis Bófind	Inishbofin Island
波茵河	Bófhind	River Boyne
博阿达荷	Boadach	
布阿斯河	In Búas	River Bush
布拉斯娜姬	Bláthnait	
布拉斯瓦克	Bláthmac	
布莱恩	Brian	
布兰	Bran	
布雷加平原	Mag Breg	
布雷斯	Bres	
布里布鲁赫	Blaí Briugu	
布里戈留	Bricriu	
布里勒	Brí Léith	
布瓦赫	Búach	
布哲	Buide	
达德尔加	Da Derga	
达尔布雷赫湖	Loch Dairbrech	
达尔利亚达	Dál Ríata	
达尔纳拉迪	Dál nAraidi	
达格答	Dagda	
达力	Dáire	
达南神族	Túatha Dé Danonn	

汉译	早期爱尔兰语	英语
黛尔	Dóel	
道伊	Daui	
德罗赫达	Droichet Átha	Drogheda
德西	Déissi	
邓色弗里克	Dún Sobhairce	Dunseverick
迪安科赫特	Dían Cecht	
帝王堡	Dind na Ríg	
蒂奥赫	Deoch	
蝶儿婕	Deirdre	
杜夫尼	Duibne	
杜夫萨尔	Dubthair	
杜夫萨赫	Dubthach	
敦沙赫	Duinsech	
多伦	Doirenn	
多伦格	Diorrang	
多纳尔	Domnall	
朵恩	Dorn	
菲尔噶	Fer Gar	
菲尔莱	Fer Lé	
菲尔洛安	Fer Rogain	
菲尔图尼	Fer Tuinne	
菲戈尔	Figol	

汉译	早期爱尔兰语	英语
菲赫特涅	Ferchertne	
菲婕勒姆	Fedelm	
菲亚哈	Fíacha	
菲亚赫那	Fíachnae	
菲亚克	Fíacc	
费赫拉	Fíachra	
费里米	Feidlimid	
芬	Find	
芬古尼	Finguine	
芬莱西	Findleithe	
芬那赫斯	Findachaid	
芬尼	Féni	
芬诺拉	Findguala	
芬坦	Fintan	
佛莫里人	Fomoire	
弗尔芬滩头	Tracht Fuirbthen	
弗格斯	Fergus	
弗萨兹-阿格恰合	Fothad Airgdech	
福安娜赫	Fúamnach	
福尔高	Forgal	
福尔吉山	Slíab Fuait	The Fews Mountains
伽尔特南	Gartnán	

汉译	早期爱尔兰语	英语
伽弗兰	Gabrán	
噶拉斯	Garad	
噶里尼	Gaileni	
高威郡	Gaillem	County Galway
戈尔	Goll	
格弗纽	Gobniu	
格兰妮	Gráinne	
格兰纳德	Granard	
格瓦尔	Gabair	
古阿累	Gúaire	
古尔班山	Gulbán	
加尔文	Garmuin	
嘉拉迪湖	Úarán Garaid	
卡尔布雷	Cairbre, Coirpre	
卡尔尼赫	Cairnech	
卡里尔	Cairell	
卡诺	Cano	
卡萨尔	Cathal	
卡萨赫	Cathach	
卡斯瓦德	Cathbad	
卡瓦	Cáma	
凯德	Cet	

汉译	早期爱尔兰语	英语
凯尔	Cáel	
凯尔布	Cerb	
凯尔彻	Caílte	
凯尔赫尔	Celtchar	
凯里	Cíarraige	County Kerry
凯伦	Cairenn	
康噶尔	Congal	
康勒	Connlae	
康纳尔	Conall	
康纳尔-切尔纳赫	Conall Cernach	
康纳赫特	Connachta	Connacht
康纳里	Conaire	
柯南	Conán	
科尔	Ceoil	
科尔古	Colgu	
科尔郭杜弗尼	Corcu Duibne	Dingle Peninsula
科尔郭罗伊杰	Corcu Loígde	
科尔克	Corc	
科尔马克	Cormac	
科尔曼	Colmán	
科尔涅	Cernae	
科尔普色河口	Inber Colpthae	

汉译	早期爱尔兰语	英语
科夫萨赫	Cobthach	
科克	Corcach	Cork
科马尔	Comar	
科斯克拉	Coscra	
克雷福琴	Craiphtine	
克雷杰赫	Cleitech	
克雷兹涅	Créidne	
克罗赫尔	Cronchar	
克蕾姬	Créd	
克蕾婕	Créide	
克里弗森	Crimthann	
克鲁胡	Crúachu	Rathcroghan
克伦德胡	Cruindchú	
克冉	Corán	
孔德勒	Condlae	
孔恩	Conn	
孔赫沃尔	Conchobor	
口袋族	Fir Bolg	
库阿鲁之路	Slí Cualann	
库安	Cúan	
库呼兰	Cú Chulainn	
库里瑟尔	Cuirither	

汉译	早期爱尔兰语	英语
库林格平原	Mag Cúailnge	Cooley Plain
库敏	Cuimméine	
库瑞	Cú Roí	
库斯克拉斯	Cumscraid	
库瓦尔	Cumal	
拉尔尼河	Latharna	River Larne
拉弗里	Labraid	
拉斯林岛	Inis Rathlinne	Rathlin
莱尔戈嫩	Lairgnén	
莱费弗拉斯	Lé Fer Flaith	
莱古里	Lóegaire	
莱古里-洛尔克	Lóegaire-Lorc	
郎沙罕	Loingsechán	
劳斯郡	Lugbad	County Louth
雷奇	Léite	
李尔	Ler	
丽格荷	Lígach	
利菲河	In Life	River Liffey
利默里克	Luimnech	Limerick
利娅姐	Líadain	
莲达瓦尔	Lendabair	
林内平原	Mag Linne	

汉译	早期爱尔兰语	英语
林中男	Fer Caille	
卢赫	Lug	
卢赫东	Luchdond	
卢赫斯	Lugaid	
卢赫塔	Luchta	
鲁斯	Ros	
路噶尔	Lugar	
伦斯特	Laigin	Leinster
罗姆尼	Lomnae	
罗南	Rónán	
罗斯	Loth	
罗斯康门郡	Ros Commain	County Roscommon
罗斯平原	Mag Roth	
洛贺	Lóch	
马尔康	Marcán	
玛哈	Machae	
玛斯根	Mathgen	
迈尔谢赫纳	Máel Sechnaill	
麦尔顿	Máel Dúin	
麦康格林	Mac Conglinne	
麦克达索	Mac Dathó	
麦克孔纳斯	Mac Conad	

汉译	早期爱尔兰语	英语
麦克卢赫	Mac Luigdech	
麦克切赫特	Mac Cécht	
麦勒	Máele	
麦内丝	Magnais	
曼纳南	Mannanán	
曼尼	Maine	
曼辛	Mainchín	
芒斯特	Mumu	Munster
梅斯布哈拉	Mess Búachalla	
媚芙	Medb	
蒙芬德	Mongfind	
蒙甘	Mongán	
米斯郡	Mide	County Meath
米旭山脉	Slíab Mís	Slieve Mish Mountains
密尔	Míl	
密季尔	Midir	
莫库海因岛	Inis Moccu Chéin	
莫奎沃格	Mo Chóemóg	
莫里甘	Morrígain	
莫里亚斯	Moriath	
莫林	Moling	
莫萨恩	Modorn	

汉译	早期爱尔兰语	英语
莫伊尔海峡	Sruth na Máele	Straits of Moyle
默尔卡	Morca	
默哑	Móen	
穆阿丹	Múadán	
穆尔基尔	Muirgil	
穆尔瑟夫涅平原	Mag Muirthemne	
穆格	Mug	
穆赫尔塔赫	Muirchertach	
穆雷达赫	Muiredach	
穆伦	Muirenn	
奶子里	Cíchuill	
内梅斯	Nemed	
尼尔	Níall	
尼舍	Naíse	
尼斯	Nith	
涅夫格兰	Nemglan	
涅夫南	Nemnann	
涅拿	Nera	
涅斯	Ness	
努阿杜	Núadu	
欧乌纳	Omna	
欧辛	Oisín	

汉译	早期爱尔兰语	英语
皮干	Pichán	
奇恩	Cían	
切瑟恩	Cethernn	
茹德里格湖	Loch Rudraige	
茹里瀑布	Ess Rúaid	
茹哲	Ruide	
萨纳舍	Sanas	
塞弗	Sadb	
瑟米昂	Sémión	
瑟斯肯	Sescend	
沙尔万	Serbán	
圣巴尔	Findbarr	
圣芬尼奥	Finnio	
史达莱	Stairai	
参纳哈	Senchae	
参纳汗	Senchán	
豕数原	Mag Mucrama	
斯达尔布	Starbui	
斯卡萨赫	Scathach	
斯坎兰	Scannlán	
斯科里亚斯	Scoriath	Tara Hill
斯威尼	Suibne	

汉译	早期爱尔兰语	英语
塔拉	Temair	
泰格	Tadg	
唐	Donn	
堂德萨	Dond Désa	
特斯勒	Tethrae	Moytura
图安	Tuán	
图雷原野	Mag Tuired	
图连	Tuilén	
图萨尔	Túathal	
托尔纳	Torna	Ventry
瓦斯	Úath	
温特里	Findtráig	Ulster
乌甘内	Úgaine	
乌拉兹	Ulaid	
伍士流	Uisliu	River Shannon
西斯坎	Síthchenn	
香农河	Sinann	
辛	Sín	
伊兰德	Illand	
伊魔万	Immomuin	
伊什涅赫	Uisnech	Iveagh Peninsula
伊娃	Aífe	

汉译	早期爱尔兰语	英语
伊微格	Uí Echach	
因德赫	Indech	
因盖尔	Ingcél	
约旦能	Iordanen	
哲尔格	Deirc	
哲尔默	Díarmait	

图书在版编目（CIP）数据

雪岭逐鹿：爱尔兰传奇 / 邱方哲著. -- 桂林：漓
江出版社，2021.12
ISBN 978-7-5407-9168-1

Ⅰ.①雪… Ⅱ.①邱… Ⅲ.①故事－作品集－爱尔兰
－中世纪 Ⅳ.①I562.43

中国版本图书馆CIP数据核字(2021)第232394号

雪岭逐鹿：爱尔兰传奇
XUELING ZHULU: AI' ERLAN CHUANQI

邱方哲 著

出 版 人：刘迪才
品牌监制：彭毅文
责任编辑：彭毅文
特约编辑：曹雪敏 刘思含
书籍设计：张 琪
责任监印：陈娅妮

漓江出版社有限公司出版发行

社址 / 广西桂林市南环路22号
邮政编码 / 541002
发行电话 / 010-65699511 0773-2583322
传真 / 010-85891290 0773-2582200
邮购热线 / 0773-2583322
网址 / www.lijiangbooks.com
微信公众号 / lijiangpress

印制 / 上海盛通时代印刷有限公司
开本 / 787mm×1092mm 1/32
印张 / 9.25 字数 / 146 千字
版次 / 2022年2月第1版
印次 / 2022年2月第1次印刷

定价：52.00 元

胭+砚
project